BUCH&media

AF004173

Nymphenspiegel
Apollo-Forum
Lyrik, Prosa und Geschichte

Band IV

Herausgegeben von Ralf Sartori

Mit einem Kapitel »Lyrik« der Dichterin Angelika Maria Eisenmann, geschichtlichen Beiträgen von Dr. Ute Seebauer (historisches Kanalsystem), Dr. Norbert Göttler (Dachauer Künstlerkolonie und -feste), Gedichten und Prosa von Sabine Bergk, Katarina Cuéllar, Susanne Bummel Vohland, Angelika Genkin, Susanne Nazet und anderen

Weitere Informationen über den Verlag und sein Programm unter www.buchmedia.de

Weitere Informationen zum gesamten »Nymphenspiegel«-Kulturprojekt, seinen Jahrbüchern, Sonderbänden, Künstlerfesten und vier Literarischen Salons unter www.tango-a-la-carte.de oder beim Herausgeber direkt

Bibliographische Information der Deutschen Bibliothek

Die Deutsche Bibliothek verzeichnet diese Publikation in der Deutschen Nationalbibliographie; detaillierte bibliographische Daten sind im Internet über <http://dnb.d-nb.de> abrufbar.

August 2008
© 2008 Buch&media GmbH, München
Umschlaggestaltung: Kay Fretwurst, Freienbrink
Das Titelbild zeigt das Gemälde »The Gates of Dawn« von Herbert Draper (1900). Darin öffnet Aurora das goldene, mit Symbolen Apollons und der Planeten geschmückte Tor, der Morgenröte einer neuen Zeit. Das Bild bezieht sich auf einen Vers aus Ovids »Metamorphosen«: »Siehe, da öffnet Aurora, die wachsame Göttin, im lichten/Osten das purpurne Tor und die rosendurchleuchteten Hallen.«
Herstellung: Books on Demand GmbH, Norderstedt
Printed in Germany · ISBN 978-3-86520-·····

Inhalt

Neues aus den Gärten	8	Apollo erweitert sein »nymphenspiegelndes Forum« unter Mithilfe von Dionysos
	11	»Under Cover« durch fast vergessene Kanäle – War hier ein »Geheimdienst« mit im Spiel? *Ralf Sartori*
	15	Bayerisches Venedig – das barocke Kanalnetz Max Emanuels *Dr. Ute Seebauer*
Gedichte	20	*Angelika Maria Eisenmann*
Prosa	76	Die andere Welt der … »Geschichten von jenseits des Zaunes«
	76	Die letzte Siedlung war geträumt
	80	Und wie kamen Sie auf den Titel? *Katarina Cuéllar*
	83	Der König und die Fischerin *Susanne Bummel-Vohland*
	91	Sabine *Angelika Genkin*
	94	Spaziergang in eine fremde Welt *Susanne Nazet*
Weitere Lyrik	97	Gedichte von: *Wolfgang Uhlig, Susanne Nazet, Horst Jesse, Angelika Maria Eisenmann, Ralf Sartori, Gisela Wimmer, Angelika Genkin und Sabine Bergk*
Dachau im »Nymphenspiegel«	132	Die Altstadt von Dachau rund um das Wittelsbacherschloß
	138	Künstlerkolonie Dachau

	140	Künstlerfeste in Dachau *Dr. Norbert Göttler*
Kunst und Kultur heute – Feste und andere Ereignisse im »Nymphenspiegel«, seine Künstler, Partner und Gastgeber	142	Der grauen kühlen Welt entrückt – eine Renaissance
	145	Die Offene Vollmond-Tafel der Poesie
	146	Die Offenen Künstlerfeste im Schloß Dachau
	149	Die Neu-Einweihung des »Nymphenspiegel-Bücherbaums« im Botanischen Garten in München, 2008
Ideen-Fluß und -Entwicklung	154	Einige vorläufige Schlußgedanken und ein neues Projekt …
	156	Bon voyage!
	157	Garten auf Reisen – eine moderne Flaschenpost
	158	Nachruf auf Tino Walz *Ralf Sartori*
Im Hintergrund	160	Kontakt zu Redaktion und Herausgeber
	161	Die 12 Autor(inn)en dieser Ausgabe
	164	Bisher erschienene noch lieferbare »Nymphenspiegel«-Bände
	166	Bildernachweis
	167	Mäzene, Förderer und Sponsoren des »Nymphenspiegels«
	167	Privat-Kulturpaten

Der Gärtner

Nicht mehr nur möcht' ich gehen,
wo wilde Lilien
auf freiem Felde stehen.

Ganz Gärtner will ich sein.
Denn Schöpfungsatem möchte wehen,
will auch durch meine Hände gehen.

Apollo erweitert sein »nymphenspiegelndes Forum« unter Mithilfe von Dionysos

Kein Vorwort mehr. Oder doch noch einmal? Wenigstens einige Worte vorweg … . In den vorangegangenen Bänden des »Nymphenspiegels« wird zwar bereits ausführlich das mit den Büchern verbundene gleichnamige Kulturprojekt beschrieben, doch mit diesem Band hat sich manches verändert, weshalb es immerhin noch einiger Sätze der Erklärung und Ergänzung bedarf. Denn der *alte* »Nymphenspiegel«, wie ihn seine Leser(innen) bis zur dritten Ausgabe kennengelernt hatten, wurde aus seiner regelmäßigen Umlaufbahn geworfen: So erscheint er in diesem Jahr gleich noch ein zweites Mal, nämlich im Herbst. Da ein Ereignis, kometenhaft, ihn getroffen, in Form des Lyrischen Werks der Dichterin Angelika Maria Eisenmann. Und jenes Ereignis hat, in einer Kettenreaktion, schließlich einen neuen »Planeten« ins Leben des Nymphenspiegel'schen »Sonnensystems« katapultiert, in Form der Reihe »Apollo-Forum«, dessen Erstausgabe Sie eben in den Händen halten.

Doch ist das nicht die einzige Veränderung geblieben, nicht zuletzt, da ein so massiver Eintritt in eine bestehende Welt nur der Beginn einer neuen und etwas gewandelten werden kann. Dazu jedoch gleich noch mehr. Vorher aber kurz noch etwas zur Vorgeschichte und zu den Hintergründen:

In mir waren bereits seit längerem Idee und Wunsch gewachsen, den »Nymphenspiegel«-Bänden, dem ursprünglichen »Jahrbuch zum Nymphenburger Schloßpark«, eine eng verwandte Buchreihe gleichen Haupttitels zur Seite zu stellen – nämlich mit dem Untertitel »Apollo-Forum«. Meine Begegnung mit besagter Dichterin wurde dafür jedoch nun unausweichlich zum auslösenden Moment und brachte diesen nächsten Schritt auf der Reise durch den sich mit jedem Schritt weiter ausdehnenden »Nymphenspiegel«-Kosmos schließlich auf den Weg. Denn es gelang mir, wie ich schnell feststellen mußte, einfach nicht, aus der Vielzahl ihrer Gedichte eine noch engere Auswahl zu treffen, als dies für diesen Band ohnehin schon geschehen war, da, für mein Empfinden, beinahe alle von herausragender Qualität sind, dabei völlig unprätentiös und rein, Kraft, Tiefe, Originalität und Eigen-ART aufweisen.

Liest man sie flüchtig, könnte man vielleicht dem Eindruck erliegen, daß viele eher schlicht sind. Doch nimmt man sich nur etwas Zeit für sie, taucht in die Vielschichtigkeit ihrer Bilder, gerade auch, indem man sie in all ihren möglichen Zusammenhängen untereinander, innerhalb des jeweiligen Gedichts, liest, wirklich aufmerksam, dann eröffnen sie einen verblüffend reichen und beweglichen inneren Kosmos. Zwar sind diese Gedichte »understatement« in ihrem Auftreten, jedoch niemals bloße Behauptungen; sie haben »Blut«! Das, in Verbindung mit der großen Zurückhaltung im Verwenden der Mittel, offenbart eine gewisse Meisterschaft. Und ich bin stolz, diese Autorin für den Nymphenspiegel gewonnen zu haben. Zu ihren Gedichten möchte ich mich hier aber nicht hinreißen lassen, noch mehr zu sagen, so schwer es auch fällt; sie sprechen ohnehin für sich. Sollen sich später einmal andere dazu äußern. Es wird gewiß geschehen. Nur soviel noch: Wenn etwas aus den »Nympenspiegel«-Bänden die Zeit überdauern sollte, werden sie bestimmt darunter sein; nehmen Sie sich Zeit dafür, sie sind es wert!

Weitere begabte und außergewöhnliche Autorinnen, für die in unterschiedlichem Maße ähnliches gelten könnte, wie im besonderen Katarina Cuéllar und die Opern- und Theater-Regisseurin Sabine Bergk, aber auch Angelika Genkin, Susanne Bummel-Vohland sowie Susanne Nazet – die alle mehr oder weniger regelmäßige Besucherinnen des »Apollo-Forums« sind, der gleichlautenden »Offenen Literaturgruppe des »Nymphenspiegels«, die sich allwöchentlich im Nymphenburger Schloßpark trifft – hatten durch Erscheinen *ihrer* Beiträge auf der »Nymphenspiegel-Bühne« den Samen zu jener Idee schon zuvor in mich gelegt. Denn sie hatten über ihre Mitwirkung beigetragen, dieser neuen Buchreihe das Feld zu bereiten, als Landeplatz kommender »Kometen«.

Jenes offene Forum, an dem jeder teilnehmen kann, spontan und ohne weitere Verpflichtung, das seine Gäste jeden Samstag zwischen 11 und 12.30 Uhr, bei jedem Wetter und zu allen Jahreszeiten, über drei Stufen betreten, bevor sie sich in einem kleinen griechischen Rundtempel am Ufer des »Badenburg-Sees« wiederfinden, hatte sich nämlich innerhalb der letzten drei Jahre zu einem äußerst fruchtbaren Boden für einen außergewöhnlichen literarischen Austausch entwickelt. Und da war die Geburt einer zweiten Buch-Linie nur die natürliche und beinahe schon unumgehbare Folge davon. Da sich schnell zeigte, daß nicht wenige der Besucher(innen) hervorragende Texte mitbrachten, die zwar von Gärten, insbesondere dem Nymphenburger Schloßpark, und deren Ideenwelten, in unterschiedlichem Maße berührt – oder davon durchdrungen – zugleich aber inhaltlich wie thematisch weitergesteckt – und freier gestaltet waren. So fielen oft Texte, die es wert waren, veröffentlicht zu werden, zu sehr aus dem Rahmen des »Jahrbuchs zum Nymphenburger Schloßpark«, ein Rahmen, der zwar flexibel, aber nicht unendlich dehnbar ist. Und für solche nun in zweifacher Bedeutung des Wortes herausragenden Texte steht als Sammelbecken das »Apollo-Forum« in Zukunft zur Verfügung. Gewissermaßen ist das »Apollo-Forum« auch ein wenig der »Olymp« des »Nymphenspiegels«.

Und sicher hatte jener seelisch-geistig so anregende Ort, an dem wir uns zum offenen künstlerischen Austausch regelmäßig treffen, der auch dieser Buchreihe Pate stand und an dem die Gedanken noch schneller und leichter fließen, tiefer zu graben und höher zu fliegen scheinen als an den meisten anderen Plätzen im Schloßpark, ebenso seinen Anteil an dieser Entwicklung. Die Stelle, an der besagter Tempel erbaut wurde (der Nachbau der ursprünglichen Holz-Version stammt von Klenze), ist ein ausgewiesener Kraftort, der bei der Umgestaltung des Nymphenburger Schloßparks geomantisch ermittelt worden war. Ein ausführlicher Beitrag dazu findet sich in Band I des »Nymphenspiegels« von Dipl. Ing. Stefan Brönnle, Leiter der »Hagia Chora – Schule für Geomantie«. Darüber hinaus wird in jenem Beitrag die gesamte geomantische Konzeption des Nymphenburger Parks erklärt.

Viele Besucher der Poesie-Gruppe kommen unregelmäßig, manche nur ab und zu oder gar einmalig, andere fast immer. So ist in ganz natürlicher Weise der »Apollo-Kreis« entstanden, welcher stets durchlässig und offen für Gäste, flüchtig verweilende und Durchreisende bleibt, der aber mittlerweile auch so etwas wie einen festen Stamm an Teilnehmer(inne)n hervorgebracht hat.

»Under Cover« durch fast vergessene Kanäle – War hier ein »Geheimdienst« mit im Spiel?

Soviel nun vorerst zu dieser Gruppe und dem einen Geburts-Element der neuen Buchreihe, die auch nach Erscheinen ihres ersten Bandes das sich stetig weiterentwickelnde »Nymphenspiegel-Kulturprojekt« mit noch weiteren Bänden auf einem parallelen Orbit zu jenem des regelmäßig erscheinenden Schloßpark-Jahrbuchs umrunden wird.

Und wie das der Eintritt eines neuen »Himmelskörpers« in ein Sonnensystem, dessen Teil er wird, eben nach sich zieht, wandelt sich danach auch das gesamte so veränderte Gefüge, da es schließlich nach neuen Gleichgewichten verlangt. Selbstregulierend, wenn man nichts erzwingt, sondern dessen Wesen und Natur ihren Lauf läßt in Wachstum und Entfaltung. Und die »Freiheit« steht neben Offenheit, Respekt und Achtsamkeit miteinander, ohnehin ganz oben unter den nymphenspiegel'schen Tugenden.

So wird der »Nymphenspiegel« (Das Jahrbuch ...) zwar auch weiterhin jährlich erscheinen und in dieser Form kontinuierlich den Nymphenburger Schloßpark durch die Alleen der Jahre begleiten – sowie nach und nach auch noch weitere verwandte Gärten, vor allem solche, die unmittelbar mit ihm durch ein historisches Wasser- und Kanalnetz verbunden sind, wie gehabt, mit stets neuen Beiträgen wechselnder Autor(inn)en, die diese Parks künstlerisch reflektieren.

Doch wird sich dadurch die Herausgabe von Band V wohl unvermeidlicherweise etwas verzögern und vielleicht erst im Juni 2009 geschehen. Allein aus Kostengründen, denn interessante Beiträge für das »Jahrbuch« gäbe es durchaus mehr als genug. Würden die zur Verfügung stehenden Mittel es erlauben, könnte es auch ohne weiteres zweimal jährlich erscheinen.

Die neue »Nymphenspiegel Apollo-Forum«-Reihe hingegen kommt mit seinen Bänden völlig azyklisch und scheinbar unvorhersehbar in den Umlauf, ganz so, wie das zur Natur von Kometen-Ereignissen paßt. Wann hierfür wieder genügend Texte zu einem nächsten Band führen werden, sei vor allem den »Kosmischen Genien« überlassen.

Es wird für beide Varianten der »Nymphenspiegel-Bände« jedoch künftig nur eine gemeinsame und fortlaufende Numerierung geben, um ihre Wesens- und Seelen-Verwandtschaft zu unterstreichen.

Das zweite Geburts-Element des »Nymphenspiegel Apollo-Forums« klang bereits ein wenig an: Es ist die geographische Ausdehnung des Projekts auf nahe und verwandte Parks und Gärten, größtenteils dem fließenden Wasser folgend, das sie verbindet. Diese Ausweitung hatte bereits mit Band III begonnen, der den wunderbaren Park mit Kultur-Café von Schloß Fußberg in Gauting – an der Würmschleife – mit einbezieht.

Im Geburtsjahr des »Apollo-Forums« bewegt sich der Nymphenspiegel nun weiter die Würm abwärts, nach Norden, wo sich ihre Strömung mit jener der Amper vereint, und erreicht so schließlich den Garten von Schloß Dachau.

Nun ist das hier an zweiter Stelle erwähnte Geburts-Element der neuen Reihe dem ersten aber zumindest gleichgestellt. Denn nur die geplante Ausweitung des Kulturprojekts »Nymphenspiegel« brachte die Autorin Susanne Nazet und mich schließlich überhaupt dazu, einen Ausflug nach Dachau zu unternehmen, um dort für den »Nymphenspiegel« neue Kontakte zu knüpfen. Und unsere erste Begegnung an diesem Ort war gleich eine zufällige und überhaupt nicht eingeplante – nämlich mit der bei Dachau lebenden Dichterin Angelika Maria Eisenmann. Waren die Götter hier wieder einmal mit im Spiel? Apoll womöglich? Oder gar ein Geheimdienst? Ich meine natürlich den der geheimnisvollen Wasserwesen und Erlengeister sowie der Undinen, Elfen, Nymphen und Faune, welche die Würm bevölkern.

So hätten sie uns allen, und auch vielen, die es jetzt noch nicht einmal ahnen, einen großen Dienst erwiesen.

Wie die Dinge sich heuer entwickelt haben, gibt es in diesem ersten Band des »Apollo-Forums« eben einen Schwerpunkt Dachau, der auch in Form neuer Veranstaltungen wie einer weiteren »Offenen Literaturgruppe« im Dachauer Schloß zum Ausdruck kommt – sowie in dort geplanten Künstlerfesten, die den Begegnungsrahmen des »Nymphenspiegels« auf Dauer erweitern werden (siehe Beiträge von Seite 141 bis Seite 147).

Dachau besitzt als Ort einer historischen Künstlerkolonie, mit ihren legendären Festen, ohnehin eine reiche Tradition in dieser Hinsicht, an die ich ab jetzt gerne mit dem »Nymphenspiegel« anknüpfen möchte (Näheres dazu von S. 132 bis S. 140). Zu letzterem, überleitend zu den aktuellen »Nymphenspiegel«-Veranstaltungen plaziert, hat der in Dachau lebende Künstler

Dr. Norbert Göttler historische Aufsätze geschrieben und für dieses Buch zur Verfügung gestellt, wofür ich ihm sehr danke.

Herzlichen Dank auch Dr. Ute Seebauer, der Autorin des Bestsellers »Am Kanal der blauen Glocken«, die im Anschluß an diesen Text auch hier wieder mit einem Beitrag vertreten ist, in dem sie über genau jenes historische Kanalnetz schreibt, das die »Gärten des Nymphenspiegels« miteinander verbindet, speziell mit einem Blick auf Dachau gerichtet. Daher kommt auch ihrem Beitrag für diese Ausgabe des »Apollo-Forums« ein besonderer Stellenwert zu. Danken möchte ich an dieser Stelle ebenso der Autorin Susanne Nazet für ihr anhaltendes Engagement in diesem Gesamtkunstwerk. Sie hatte wegen ihrer Gedichte das »Nymphenspiegel«-Stipendium für 2008 erhalten.

Ach, da wäre dann noch etwas: Worin es in diesem »Nymphenspiegel-Kulturprojekt« überhaupt geht, von dem hier immer wieder die Rede ist? Das ist schnell gesagt: Um die Bücher herum entwickelt sich schon seit längerem ein Netzwerk von Kontakten unter Künstlern, mit zahlreichen Veranstaltungen, wie Künstlerfesten mit Salon-Orchestern oder anderen Höhepunkten, Tanz, gutem Wein und Essen, an wunderschönen Orten, wie in diesem Jahr zum ersten Mal auch im Restaurant von Schloß Dachau. Dabei bewegt sich das ganze auf keiner der üblich zeitgeistigen vermarktungsdominierten »Event-Schienen«. Die Veranstaltungen orientieren sich bei uns mehr an den Künstlerfesten vergangener Zeiten, sind voller Lebendigkeit und Wärme, Charme und Poesie. Und sie fordern die kreative Mitwirkung aller Gäste heraus, soweit sie dazu Lust haben. Es gibt bei uns auch kein Bureau, keine spezialisierte Agentur, die sich darum kümmert, das tun wir alles selbst, und zwar so, wie es Künstlern ansteht: mit viel Phantasie und Kreativität, mit Freude und mit Herz.

Es wächst also um die Gärten und auch darin, eine lebendige Bohème, über die ich hier im Detail nicht mehr schreiben möchte. Denn der Wind an jenen Orten, die bereits mit einbezogen sind, flüstert es schon allzu deutlich in den Kronen der alten Bäume. Und jene, deren Ohren noch darauf eingestellt, können sich den Weg ja vielleicht von den Nymphen und Feen der Parks und Gärten weisen lassen.

Außerdem, das nur nebenbei bemerkt, läßt sich Ausführliches darüber in den ersten drei Bänden des »Nymphenspiegels« nachlesen, die, wie auch alle weiteren, langfristig im Handel bleiben, sowie alles Wesentliche in den vier Literarischen Salons des Projekts in Erfahrung bringen.

Und wozu das Ganze? Nun, es ist ganz einfach beglückend, bereichernd und befreiend, in jeder Hinsicht; es ist Begegnung, Ereignis, es fließt – und ist Leben! Es macht Spaß ohne Ende!

Ach ja, und nebenbei knüpfen wir ein kleines Netzwerk unter freiheitsliebenden Individualist(inn)en, mit etwas Gemeinschafts-Sinn, und arbeiten auch ein wenig an der Weltrevolution der Poesie.

Noch Fragen dazu? Dann schreiben Sie mir eine Mail oder rufen Sie an.

Passend zum freiheitlichen Geist des „Nymphenspiegels" weichen die Vorgaben der Zeichensetzung sowie der Rechtschreibung in manchen Beiträgen etwas voneinander ab, aus Respekt vor dem künstlerischen Selbstbestimmungsrecht der jeweiligen Autor(inn)en. Der Verlag steht hierfür nicht in der Verantwortung, welche ich als Herausgeber trage. Ich wünsche nun viel Vergnügen und Anregung beim Lesen.

Ralf Sartori

Bayerisches Venedig – das barocke Kanalnetz Max Emanuels

Begonnen hat alles – und das ist wohl immer das Beste – mit Lust und Liebe.

Auch wenn es sich damals keineswegs um eine Liebesheirat gehandelt hat, sondern um eine ausgesprochen dynastisch kalkulierte Hochzeit. 1685 vermählt sich der Wittelsbacher Max Emanuel mit Maria Antonia von Habsburg, der Sohn des bayerischen Kurfürsten Ferdinand Maria und dessen savoyischer Gattin Adelaide mit einer Tochter Kaiser Leopolds I.

Aus diesem höchsterfreulichen Anlaß läßt Max Emanuel durch seinen Hofbaumeister Enrico Zuccalli zwischen 1684 und 1689 ein Vergnügungs- und Jagdschlößchen mit dem Namen »Lustheim« errichten. Es lag etwa einen Kilometer entfernt vom Alten Schleißheimer Schloß aus den Zeiten seines Urgroßvaters Herzog Wilhelm V. und ihm in einer Sichtachse direkt gegenüber. Von einem Kanal ringförmig umgeben, sollte das Lustheim symbolisch auf der Insel Cythera liegen, der Insel der Liebe. Ein Liebesnest also, wie gesagt mehr symbolisch, denn Maria Antonia war ziemlich häßlich.

Höchsterfreulich waren eher die politischen Aussichten, die sich dem ehrgeizigen Max Emanuel mit dieser Heirat eröffneten. Nämlich die Anwartschaft auf den habsburgischen Kaiserthron plus das voraussichtlich baldige Erbe des spanischen Königthrons. Das weckte berechtigte bayerisch-kurfürstliche Großmachtträume in dem selbstbewußten jungen Feldherrn, der als »Türkensieger« mit dem Sieg vor Wien 1683 so entscheidenden Anteil an der Abwendung dieser Bedrohung für Europa hatte. Den »Blauen Kurfürsten« hatten die Türken respektvoll ihren Gegner wegen seiner Uniformfarbe genannt.

Daß Max Emanuel bauwütig auf diese glänzende Zukunft hasardierte – die ihn dann auf ganzer Linie im Stich ließ –, diesem Umstand verdankt Bayern, und hier besonders der Münchner Westen, Imposantes. Nicht nur den Ausbau Nymphenburgs und die Erbauung des Neuen Schlosses Schleißheim als Sommerresidenzen nach Versailler Vorbild in wahrhaft imperialen Dimensionen. Er schuf darüber hinaus auch – was heute vielen weit weniger bekannt ist – ein in Europa einmalig großdimensioniertes Kanalsystem für Last- und Lustfahrten.

Das Kanalnetz sollte die Sommerschlösser, Parks und Jagdgebiete von Nymphenburg, Dachau, Schleiß- und Lustheim und letztlich sogar die Münchner Residenz bedienen und verbinden. Auf einer Fläche von über 180 Quadratkilometer Wasserwege von insgesamt fast 50 Kilometern Länge!

Europäische Vorbilder gab es. Die Kanäle der oberitalienischen Tiefebene, die Max Emanuel von seinen geliebten und ausgedehnten »Freizeitaufenthalten« in Venedig kannte. Den Canal du Midi in Südfrankreich, den sein Architekt Zuccalli genau studiert hatte. Und das Grachtensystem in den spanischen Niederlanden, wo Max Emanuel von 1692 bis 1701 als Statthalter des Königs in Brüssel residierte.

Für Deutschland aber hat dieser bayerische Kurfürst mit seinem riesigen, raffinierten Wasserwegenetz sich ein spektakuläres technisches Denkmal gesetzt, das nur allzubald verfiel und in Vergessenheit zu geraten drohte. Doch zunächst einmal zu den Anfängen zurück.

Fast gleichzeitig mit der Entstehung Lustheims auf der Insel der Liebe begannen Planung und Bau des Kanalnetzes, für das man die Flüsse Würm, Amper und Isar anzapfte und verband. Benötigt wurde das Kanalnetz zu mehreren Zwecken.

Zum ersten als Wasserstraße für den Baumaterialtransport. Denn vor allem für die Errichtung des Neuen Schlosses Schleißheim fehlte es in der moorigen, dünnbesiedelten Umgebung an geeigneten Wegen. Zum anderen sollte es für Lustfahrten und Jagdausflüge der höfischen Gesellschaft auf Prunkgondeln dienen sowie in den neuentstehenden oder ausgebauten Schloßparkanlagen die zahllosen Wasserspiele, die Fontänen, Wasserfälle und Bäche speisen und die dafür notwendigen Pumpen antreiben.

Militärs, Bauern und Arbeiter aus der Umgebung, Gastarbeiter aus Tirol und Italien und anfangs auch Gefangene aus den Türkenkriegen arbeiteten im Akkord.

Begonnen wurde 1689 beim heutigen Aumeister im Englischen Garten mit dem sogenannten Dirnismaninger Kanal. Er leitete über den Schwabinger Bach Isarwasser von Osten her nach Schleißheim. Heute verläuft dort unter anderem die Freisinger Landstraße stadtauswärts, auf der 1940 zum Teil zugeschütteten Trasse. Garching war Hafen und Baumaterial wie vor allem Marmor und Sandstein wurden von Mittenwald her sowie das Bauholz aus dem waldreichen Oberland auf der Isar herangeflößt. In Garching wurde auf Lastkähne umgeladen.

Von Westen wurde 1691/92 der Dachauer Kanal zusammen mit einer

Chaussee nach Schleißheim geführt. In Dachau war der zweite Hafen. Er brachte mit dem Amperwasser zunächst besonders Ziegel und Lehm auf die Schleißheimer Großbaustelle.

Verstärkt wurde der Dachauer Kanal, der fast ohne Gefälle auskommen mußte, durch die beim heutigen Karlsfeld mit einem Kanal angezapfte Würm und einige Moorbäche.

Der Dirnismaninger wie der Dachauer Kanal wurden zu beiden Seiten von Wegen parallel begleitet, denn das geringe Gefälle erforderte Treideln, also das Ziehen der flachen, breiten Kähne durch Menschen oder Tiere vom Land aus. Die für den Wasserstand notwendigen Schleusen, Hebewerke und Pumpen benötigten ohnehin viel Ingenieursgeschick und Aufwand.

1702 wird von der Würm ein zweiter Kanal abgeleitet, nun um Nymphenburg anzuschließen. Ab Pasing führt der Würmkanal auf den Schloßpark zu, durchfließt ihn und strebt danach schräg durchs Schloßrondell, als Nymphenburg-Biedersteiner Kanal hinter Gern vorbei – die Gerner tauften ihn in scherzhafter Anspielung auf den berühmten Hofmaler »Canaletto«. Dann wird der Kanal durch den Olympiapark, das Ungererbad und den Petuelpark und an der Osterwaldstraße in den Schwabinger Bach geleitet. Dieser führt, wie anfangs erwähnt, zum Aumeister und dem zwölf Jahre früher gebauten Dirnismaninger-Schleißheimer Kanal.

Der Kreislauf ist geschlossen. Das braune Moorwasser der Würm vermischt sich kanalisiert mit dem grünen Gebirgsflußwasser der Isar und läuft über Schleißheim auf Dachau und die Amper zu und in die Würm zurück. Die Würm selbst wiederum mündet wenig später in die Amper und diese weiter nördlich zuletzt in die Isar. Ein ausgeklügeltes Meisterstück war das Kanalsystem und noch dazu in beachtlich kurzer Zeit aus dem Boden – nicht gestampft, sondern gegraben.

Max Emanuel aber wünschte sein großartiges Werk 1701 noch durch eine zusätzliche Direttissima zwischen der Münchner Residenz und dem Schleißheimer Schloß zu krönen. Nur ihr erster Teil, der aus unbekannten Gründen sogenannte »Türkengraben«, wurde bis zur Höhe der Georgenschwaige ausgeführt. Er verlief entlang der heutigen Kurfürsten- und Belgradstraße. Max Emanuel hatte wieder einmal das Kriegsglück verlassen, ab 1704 mußte er für zehn Jahre nochmals ins Exil, der Bau ruhte und wurde nie vollendet. Das Bruchstück dieses Kanals wurde 1811 wieder verfüllt.

Die meisten seiner großzügigen Pläne hat Max Emanuel mit barocker Kraft und in absolutistischer Selbstherrlichkeit verwirklicht, zu unserem heutigen Glück.

Und er genoß, soweit er in Bayern weilte, die luxuriösen Gondelfahrten auf den Schleißheimer Kanälen in und außerhalb des Parks sowie in Nymphenburg auf den Wassern des Schloßparks und dem großen Bassin unmittelbar vor der äußeren Schloßfront.

Den würmgespeisten, aber abflußlosen Nympenburgerkanal mit dem unteren Bassin und die ihn begleitenden Auffahrtsalleen für die von der Residenz her anfahrenden Hofkutschen hat allerdings erst sein Sohn Carl Albrecht 1728 bis 1730 geschaffen. Dem ist im übrigen tatsächlich die von seinem Vater so vergeblich erstrebte Kaiserkrone zugefallen, aus dem bayerischen Kurfürsten wurde Karl VII.

Max Emanuels hochherrschaftliches Wasserwegenetz geriet relativ rasch außer Gebrauch und wurde vom Zahn des wechselnden Zeitgeistes entsprechend kräftig benagt. Zehn Kilometer des ursprünglichen Systems führen heute kein Wasser mehr oder sind überbaut.

Aber anläßlich der Bundesgartenschau 2005 rückte man das denkmalgeschützte Werk wieder mehr ins öffentliche Bewußtsein: mit 500 weißblauen Holzstangen wurden die Verläufe der Kanäle markiert, kleine Teilstücke als historische Beispiele restauriert, Orientierungstafeln aufgestellt und die Vereine »Freunde von Schleißheim« und »Dachauer Moos« gaben Veröffentlichungen heraus.

Außerdem wurde ein Radwegenetz eingerichtet, das inzwischen recht bekannt und beliebt ist. Heute wird im sportlichen Outfit zu Lande auf den alten Treidelwegen entlang der Kanäle mit den eigenen Wadln geradelt. Statt im Reifrock beziehungsweise in Strumpf- und Pumphosen auf venezianischen Gondeln von echten Gondolieren auf dem Wasser spazierengeschaukelt zu werden.

So ist das Leben eben.

Andere Zeiten, anderer Zeitvertreib.

Ute Seebauer

Ich friere viel in dieser Welt.
Unter'm Hölderlinbaum sprießen Verse,
trocknet die Trauer auf Wäscheleinen.
Frühmorgens: Krähenschrei nach
Verwandlung, Auflösung.
Im Spinnennetz flattert der Himmel,
emporgehoben in einen Winkel von Nichts.
Zu Grabe getragen des Sommers Blau,
verbliebene, warme Wünsche.

Wo Du auch bist,
ernsthaft hingesetzt
in Dein, mir fremdes, Leben,

alle Wolken ziehen ahnungsvoll
von mir zu Dir.
Der Wind in den Bäumen,
den duftenden Rosen,
blättert meinen Namen.

In müheloser Nacht
sinkst Du in mich.

Oh süßer Traum:
Überall
mit Dir,
immer.

Sommer weht meine nackten Füße an,
streut Staub und Blüten.
Holunderduft auf Stiegen,
versickernd in Mauernischen.

Später:
Sommerwiese unter mir,
Himmel durch Efeublick.
Shakespeare in Wolken:
Julia, Romeo suchend?
Auflösung in Weiß.

Jetzt:
Turmfalken, anmutig,
in graublauer Luft
– meine Botschaft an Dich!

Venus
im lichtblauen Zimmer
lauscht
nachttönendem/r Sonatenklang
rührt
Gestirne zu Tränen
tropfen
auf ihrer Umlaufbahn
ins Schwalbennest
efeuumrankter Herzen.

Der Engel

Der Engel verlöscht die Zeit
mit einem Wimpernschlag.
Ich ruhe in seinem Flügelschatten.

Der Engel hat Durst.
Er rührt an meine Lust
und atmet tief in mir.

Der Engel raubt mir den Verstand.
Er hält mein Herz.
In seinen Händen will es fliegen,
nur noch fliegen …

Bald wird der Engel Frost
in meine Träume blasen
und mich verlassen.
Mir meinen Flügel brechen
und nie mehr Wein von
meinen Lippen trinken.

Dann wird Winter in mir sein,
sprachlos die Nacht
und endlos laut die Stille.

Der Engel II

Der Engel wärmt mir die Hände.
An seiner frommen Wange weilt mein Mund.
Der Engel hebt die Schwere von meiner Stirn.
Ich kann sein Schweigen hören.
Er ist sehr nah.

Der Engel flieht mich,
leise flügelnd nimmt er sich zurück
und entzieht mir den zärtlichen Traum.

Der Engel macht mir Angst.
Ich liebe ihn.

Sommer

Das Blau entblößt,
verschwendet sich.

Baumschatten fängt
Lichtbündel fallen
flirrendgrün.

Sommer

Träume, wehmütig-süße
Kindertage, Lieder verwehen,
ein kurzer Blick aus and'ren Zeiten.

Oh Sommer,
nimm mich mit auf deinem fliegenden
Wiesenblumenteppich …

Unter einem geflickten Himmel:
Leben haben, gleich, ganz,
an einem Tag, in einer Stunde.
Denn das Grau wächst,
die Wolken verrotten
und alle Garne reißen.
Angst schluckt löffelweise
meinen Atem,
nimmt mir
den Satz,
das Wort.
Das Wort,
das ich laut sagen muß,
bevor ich mir entfalle.

Licht, angeknipst, in einer Pfütze,
leuchtet, vielleicht in den Tag.

Die Nacht hat sich im Regen verschwendet,
in Wein und in Worten.
Viel Wind treibt Farben.
Flirrend huschen sie, schreiten
über Steine, vielleicht in den Tag.

Unter den Bäumen liegen zertretene,
zerknüllte Zeilen, Satzfetzen im nassen Gras:

Alles war in verschiedenen Vergangenheiten,
warm übergezogenes Leben,
warm und falsch?
Alles war.
Alles was war (wahr war),
ist,
verschwindet, vielleicht in den Tag.

Trottoir erwidert
nachtwandlerische Schritte.
Zertretene Mondpfützen
bezeugen Pflastereinsamkeit.

*

Trunken von Mohnblüten,
rot welkenden Gedanken.
Unausgesprochene Wünsche
bluten, verbluten
im Sommergrün.
Die Dämmerung
birgt, verbirgt
den zarten Duft der Hoffnung.

Meine Gedanken irren
hinter Zigarillorauch.
Gestern trank ich Wein
und lachte und blutete.
Ich blute noch,
alle Wörter bluten,
Sätze bluten aus mir
Geschichten
in die Stille.

*

Ich sitze am Nachtfenster,
höre Züge und liebe den Mond,
blase Rauch zu den Wolken
und laß sie fliegen.
Später kann ich mir noch
einen Traum pflücken,
mit schläfrigen Lidern.

Als Du fort warst,
berührte ich den Rand Deiner Tasse,
tastete nach liegengelassenen Worten.

Als Du fort warst,
ging ich in der Spur Deiner Schritte.

*

Auf dem First
balanciert die Zeit
durch unseren Atemnebel.
Aus den Stunden
tropft der Regen
schwere Tränen
auf's ungedeckte Dach.

Abendglocke läuten:
Margaritenbekränzt in den Himmel fliegen.
Bloße Schmutzfüße tapsen
über Kirchenfliesen, sausen
durch Wiesennaß
Großmutters Blick entgegen.
Kindersommer währt einen Schwalbenflug lang.

*

Rose,
mich rührt Deine Seelenwange,
seidenrot.
In Deinem Duftschatten
welken Steine.

Aus den Träumen treten
dunkle Schatten,
häuten sich im Morgenlicht.
Haltlos und ungeduldig
drängt die Zeit,
füllt Zimmer und Leben,
will nur weiter vergehen.

*

Badezimmerspiegel
mit Fragen beatmet,
lückenlos.
Traumreste in den Augen,
weggewischt.
Nochmal kurzer Blick:
Selbstvergessenes Lächeln,
liegt leer in der rostigen Ruhe
eines Sonntags.
Wer zweifelt, ist verwundbar.

Beiläufig eine Locke in meiner Stirn, die ich mag,
und der Schatten im Spiegel ...
Faust liebt mich laut atmend und zungenfeucht
auf dem Küchentisch.
Daneben die Zeitung von gestern.
Verzerrte, gedehnte Stunden.
Wir haben getrunken, gelacht, geweint:
Ein Rinnsal voll Leben,
eine sonnenbeschienene Pfütze.

*

Blind wühlend greife ich mir im Himmel eine Hand voll Sterne,
schleudere sie in meine dunkle Nacht.

Blaue Stunden fließen
zu schnell durch diesen Tag.
Ach, wie der Wind sich wiegt,
leicht
in den Bäumen,
in meinem Herzen.
Und Du bist mir so nah,
mit Deinem Wort,
mit Deinem Blick.
Ein Lächeln noch ...
ich fliege und schwinde
mit diesem Tag,
der Himmel ist ...
... und Liebe.

Das Leben – eine schaurige Bühne: Alle treten auf und ab.
Dazwischen:
Komödie, Tragödie, Banales, Applaus und Stille, bevor der Vorhang
tränendurchtränkt zuletzt auf schweiß- und blutverschmierte Bretter fällt.

*

Das Kind
trank den Wind
und aß Blüten.
Es hatte grünes Haar.

Das Kind
war König des Apfelbaums.
Gräser standen treu zu Diensten
und bewachten seinen Schlaf.

Das Kind
fischte einen Stein
aus schlammigem Bach
und hielt die Welt in seiner Hand.

Das Kind ahnte
alle Träume waren wahr
und die Wirklichkeit ein Traum
jenseits des Gartenzauns.

Der letzte Sommerwind
raschelt im glühenden Laub.
Ein verirrter Engel sitzt auf
Ackerschollen und faltet erste Nebel.
So viel Abend und Wein
und eine späte Rose blüht
zum zweiten Mal.

*

Der Morgen
findet mich –
frierend
hinter der Nordwand
der Nacht.
Neben mir
kauert noch
ein halbvergessener Traum,
schreckensbleich.

Diener zäumen
mondweiche Pferde
zur bläulichen Fahrt.

Der Schneekönig ist's,
der sein Leben sucht
in fernen Geschichten
sich verliert
noch vor dem Morgenrot.

Bitter hängt sein Lachen
im Spinnengeflecht
erstarrter Träume.

(Ich dachte an Ludwig II.)

Du bist tief und still.
Ich kenne Deine Hand und
Deinen Mund auf meinem.
Es ist spät und draußen wartet Nacht,
doch die Zeit ruht aus in Deinen Augen.

Ich kann Dich sehen,
Dich hören,
Dich fühlen …
Und Du?
Siehst Du?
Hörst Du?
Fühlst Du …
… ein wenig Ewigkeit?

Du blätterst
in meinen Gedanken.
Gelangweilt legst Du mich weg.

*

Du blickst mich an.
Deine Augen haben mich längst vergessen.
Du berührst mich.
Auch Deine Hand kennt mich nicht mehr.
Ich flüstere, ich schreie.
Doch Dein Schatten verläßt meinen Garten.
Zurück bleiben zertretene Blumen
als Spur zu meinem Herzen.

Das Fenstersims überflutet mit Briefen:
Gedanken auf Lockenwickler gedreht.
Der Blick hinaus verhakt sich
in der gefegten Schwermut des Herbstes.

*

Deine Hände
umranken Brust und Stirn.
Hilflos suchen meine Lippen Halt
in Deinem Kuß, der bricht und flieht.
Es verliert sich, was längst noch nicht
gefunden war.
Und doch gehst Du durch meinen Tag
und meine Nacht.

Du bist ...
Du bist nicht zu beschreiben.
Du warst mir nie ...
Du warst.
Nicht mehr.

*

Meine Arme sind morsches Holz.
Suche mich nicht im Wald
zwischen den Fichten.

Mein Herz ist eine verlassene Muschel.
Suche mich nicht am Strand.
Die Zeit hat meine Spur überflutet.

Eine Menge Wolkenbehang
an diesem krähendurchlöcherten Himmel,
watteweich getarnt.

Die Luft legt sich in Falten, warm und kalt
und Zeit fließt, umfließt einen Sommer,
alt und übersatt an Stunden.

Oft leuchtet ein bleicher Mond
in jene Mitternacht am Morgen,
wenn ich von einem Engel träume,
einsam und trauerumflort.

Der Engel wartet zuverlässig,
wartet hinter meinem Herzen,
wartet auf mich.

Entblätterte Gedanken
in geborgten Nächten.
Endlose Lust,
in Körpern verankert:
Liebe mich noch einmal
und wieder,
bevor mir das Leben verrinnt,
vertropft in die Mündung
der Vergangenheit.

*

Erdgeruch umspielte Dein Windmühlenhaar ...
... ich träumte, Du wärst Don Quichotte:
Verwundet lagst Du am Fluß der Zeit,
aus dem ich Lichtfluten
für Dich schöpfte.

Es flüstert der Blätterwind:
Die Dichter sind nicht tot.
Sie sitzen auf Mondkieseln,
während die Rosen schlafen.
Der Nachtduft klettert
Sternenstiegen empor.
Dorthin, wo die Dichter
lässig mit den Beinen baumeln.

Froschkönig I

Ganz einfach:
Ich werde Dich küssen – Du verwandelst Dich wieder in diesen naßkalten Gesellen und ich bringe Dich, so schnell ich kann, durch den Zaubergarten zurück zu Deinem Brunnen, in dessen Nähe ich nie wieder mit meiner goldenen Kugel spielen werde ...

Froschkönig II

Ich geb's ja zu – bin oft über feuchte, sonnenberührte Wiesen gelaufen ...
Ich geb's ja zu – hab gewußt, daß dort Frösche leben – glücklich mit Frosch-Familien ...

Aber warum wollen alle Frösche Prinzen werden? Hab doch schon einen geküßt.

Gelebte Welt,
voll Mief und Staub,
Lust und Schweiß.
Angst, Zeit und Langeweile vertreiben.
Gelegentlich ... zarte Worte, Töne ...
Nachhören und fühlen,
bis tief in die Stille.

*

Heldenepen, Marschmusik, TV.
Empfängnis durch den heiligen Geist,
Atomkraftwerke für die bessere Welt und Volksmusik zum Schunkeln.

Politik bierlustig, der Papst todernst,
Bibliotheken voll Wissen, doch Inhaltsangaben genügen.

60 Jahre von 8.00 bis 8.00, möglicherweise Karriere, später sicher tot.
Auferstehung oder auch nicht.

Wozu Dichter, Denker, Komponisten, und all der Scheiß? ...

Am besten man vergißt die Zeit.

Heute besuchst Du mich
in meiner Vergangenheit.
Angst hält alle Türen verschlossen.
Die Nacht ist so still in mir.
Ich denke nach und öffne ein Fenster:
Es regnet auf alle Tabus von gestern.
Heute habe ich keine Wahl.

*

Ich bin allein.
Dann und wann
kommen mich
meine Gedanken besuchen.
Wir trinken Kaffee
und unterhalten
uns gut.

Hab den Mond »gedimt«,
sein Licht war gräßlich hell.
Bin beinahe einem betrunkenen Engel begegnet,
'wollte auch noch mit mir kiffen –
ich rauche nicht …
Während er sich eine drehte,
fragte ich ihn nach dem Weg,
bekam keine Antwort.
Fragte nach der Zeit,
da lachte er heiser und sagte:
»In gewisser Weise bist Du wohl allein –
das seid ihr alle.
Was also suchst Du …
das Leben, den Tod, die Liebe?
Es ist da wie dort, früher wie später –
versuch einfach gut drauf zu sein.«
Zum Glück war noch'n Bier im Kühlschrank,
hab's getrunken, und den Mond ganz ausgeknipst,
bevor ich schlafen ging.
Sein Licht war einfach zu hell.

Ich möchte Deine Hand halten
und mit sanften Fingern
die Schwingen Deiner Brauen zeichnen.

Ich möchte die Schwere von Deinen Schläfen
atmen, bis mir schwindlig wird,
und dann vorsichtig, zart, den Saum
Deines Herzens berühren, damit es mich nachts
in Deinem Traum versteckt.

*

Ich schneide sehnende Schatten
in die Nacht, in meine Träume.
Ein Celloton in warmer Luft:
Dein geflüsterter Name.
Der Himmel plötzlich
feucht im Zimmer.
Herztrunken halte ich
den Regen umschlungen,
strömend, verströmend mich
in widerspiegelnden Wünschen.

Im Bogengang
meines Herzens
huscht verstohlen
Dein Sehnsuchtsblick,
wehen süß
Deine Wortwinde,
nistet bereits
der Schmerz.

*

Im Geheimzimmer meiner Gedanken
könnte ich Dich suchen, mit gierig tastenden Lippen, mich finden,
im Spiegel Deiner Augen, verstecken, im Gewirr Deiner Haare.
Könntest Du mich halten …?
Mich halten – einen Atemzug lang – ich wäre verloren in der Brandung
Deines Herzens.

Im Kaffeesatz erkenne ich meine
verwischten Spuren zum Meer.

Es spiegelt den Himmel in sattem Blau,
wie nur an manchen Tagen.

Die Sonne nimmt ein Bad – während heimlich
ein göttlicher Zentaur den sanften Wellen entsteigt.
Er lächelt – unerreichbar schön.

Selbst die Götter lockt das Leben und zwischen
zwei Unendlichkeiten nehmen sie sich ein paar Tage frei.

Voll trunkener Sehnsuchtsgier falle ich diesem
Gottwesen in die Arme.

Es trägt mich fort in ungeahnte Ewigkeiten –
die doch nur einen Traum lang dauern …

Und schon umspült das Meer Hufspuren
im weichen Sand.

Im Zugabteil
zwei Nonnen
weben
ihre Finger
in's Rosenkranzgeflüster
fliehen
ihre Blicke
in Landschaftsbilder
suchen
ein Lächeln der Welt
finden
nur tote Gleise.

*

Bekreuzigter Vaterunser.
Selig, die beten?
(Jesus,) ich kann dich im Kirchenmief nicht finden.
Meine Knie sind wund.
Zu viele Dornen zwischen den
Worten der Frommen,
die deine Himmelfahrt erschweren.

In Deiner Umarmung
plötzlich Sehnsucht verspürt –
ungewollt –
Worte gesagt, gedacht.
Dein Blick
zerbröckelt Fremdheit,
überdauert Abschied,
ist er mir zugedacht?

*

In dieser Geschichte sitzt Du im Schloß gefangen.
Soll die Prinzessin den Ritter befreien?
Nie könnte sie den Drachen besiegen, der Deine Gedanken frißt
und langsam, nur durch Liebe, tötet.

Schränke, volle Schubladen: papiergestapelte Vergangenheit, beschrieben mit Zahlen, erhebt sich, namenlos, marschiert an Dunkelorte, schweigend, ergreift verrostete Schaufeln, gräbt in Trauererde, schreit nach ihrem Leben, festgehalten in Staub.

*

Jahrtausende voller Leben und Tod.
Dazwischen irgendwo noch Seelen.
So viel Vergangenheit ...
Und doch geschieht alles Dir,
während Deine Gedanken
wie Boten ausschwärmen,
wer weiß wem begegnen ...
Sitzt Du jetzt in diesem Café
und rührst in gezuckerten Wirklichkeiten.
Wirklich?

Jeden Tag
dieselben Schritte, Wege.
Am Randstein
sammeln sich Unrat und Zeit,
warten auf den nächsten Regen,
werden fortgespült.

*

Jesus steht Kopf,
sein Schatten geht aufrecht spazieren.
Während die Welt sich aus dem Zimmer dreht,
liegt die Ewigkeit spiegelverkehrt
im Schlaf.

Kann man oben besser sehen?
Ich bin weit gelaufen,
doch nicht zu mir.
Und weiß nur,
daß die Zeit mich fängt,
und dieses Leben
nicht wiederkehrt,
nicht mir,
nicht Dir.

*

Liebe, sei leicht,
faß zarter an.
Du liegst so schwer in meiner Brust.

Ach Liebe, wilder Zaubervogel,
niste nicht in meiner Stirn.
Du bist so groß.

Ließ meine Freunde
in einem Sommernachmittag zurück,
schmeck noch den Kirschsaft,
der Lippen verklebt.

Reite auf kühnen Drachen die Zeit entzwei,
bau eine Burg mit Illusionszement,
Schubkarren voll Nebelschwaden, voll Vergangenheit.

Was hinter'm All auf dünnen Wäscheleinen trocknet,
ist das Leben.
Tropfen für Tropfen im Wind,
der kalt wird und kälter.

Mein nasses Blütenkleid gefriert.
Schaufle den Schnee aus meinem Blick zum Meer.
Bald muß ich meine Freunde wiederfinden.

An Gras denken und an Löwenzahn, wenn er blüht.
Der Himmel sieht verschlossen aus.

Im Gras liegen und an Löwenzahn denken, der blüht.
Dann endlich seinen Saum ergreifen
und mit ihm in den Himmel fliegen,
der einen Spalt geöffnet ist.

*

Meiner Seele erinnerlich:
Vergessene Abdrücke,
Fundstücke unbefugter Zartheit.
Lust und Trauer in
geschwärzten Träumen zersplittern
beim Erwachen.
Kurzatmig in Morgenluft,
fühle ich mich
in's Nichts geschleudert,
euphorisch im Leben verloren.

Mein Mondengel,
Wolken liegen Dir zu Füßen.

Mein nächtlicher Begleiter,
hast Du gesehen, wie Steine
auf die Gräber stürzen,
in frostige Traurigkeit?

Mein ermatteter Engelbruder,
ich flüstere ohrwärts,
durch Deine gefalteten Flügel.

Still verwehen meine Küsse,
Deine Hand suchend,
zum zitternden Flug.

Mittagsschlummer
inmitten von Efeuranken
und ausgebrannten Sternen.
Tränen flüstern perlweiß
aufgereihte Geheimnisse.
Im Traum fliehe ich den Boden,
verstecke mich in Himmelslöchern,
bis Deiner Hände Seidengriff
mein Seufzen befreit.

*

Mondrosen blühen
in meinem Haargebinde.
Dunkel lockt
der verbotene Garten
in Deinem Augenglanz.
Nimm meine zaghafte Hand
und trink das Apfellicht
von meinen roten Lippen.

Nur nicht weinen!
Ein Engel spielt mit moosigen Kieseln im Licht.
Plötzlich kommt die Dämmerung schneller.
Die Zeit, ein schwindendes Polster,
tropft in den Frühling, den Herbst.
Wieder rauscht der Wind
durch Deinen Tag, Deine Nacht,
wirbelt Staub von Deinem Grab
in stille Worte.
Über Deinem Lächeln wachsen Blumen.
Auch sie werden welken.
Alles wird welken.

Oh fernes Land,
gern spielte ich unter Bäumen
in rindenwarmer Geborgenheit.
Noch heute flüstern
die Kastanien Abzählreime.
Und seidengrün, hinter den fallenden
Blättern meiner Traurigkeit, blitzt
der vergessene Blick des kleinen Mädchens.

*

Uhrenstaub fällt auf
Spinnweben umhüllen
Zimmereinsamkeit zeigt
vergilbte Bilder weisen auf
vergangenes Leben gähnend
schleicht der lange Schlaf durch
leere Gänge.

Reisen:
Mein Begleiter Melancholie
läßt mich Heimaterde riechen,
Wärme in fremden Mauern spüren,
stets Abschied aus Gläsern trinken.

Wie viele Grenzen muß ich noch überschreiten,
um anzukommen?

*

Verdrängt, am Rand der Wirklichkeit
finde ich doch ab und zu
einen Gedanken wieder,
schwimmend in einer frühen Tasse Tee.

Erfreut über den gelegentlichen Fund lächle
ich dann mein Spiegelbild an
und klettere an diesem Lächeln zu mir auf,
indem ich es Schluck für Schluck austrinke,
warm und zuversichtlich.

Paternoster-Angst vergittert
Geist und Herz.
»Wer hilft mir?-Schrei« echot
innen.
Still blutet die Seele.

*

Tage verstecken
Nächte entkleiden
Zweisamkeit.

Leidenschaft baut
Stufen führen vor
Himmelsdunkel.

Glastreppe zerfällt zu
Scherben fangen
Licht schenkt
Schattenlächeln.

Schau –
entblößt steh ich vor Dir.
Du willst mich nicht sehen, redest vom Wetter,
Regen am Fenster, mein Herz tropft im Zimmer.
Behalt meinen Mantel und – denk nicht, daß ich friere,
erfriere, wenn ich nackt durch die Kälte geh'.

*

Schon wieder Herbst.
Die Götter lassen ihre Winde los,
Sturm tobt durch's Himmelsgeäst.
Dort welken die noch verbliebenen Träume
zu dürrem Laub.

Mit schroffer Sehnsucht träumt das Meer vom fernen Ufersand,
der Mond vom seidenweichen Wolkenkuß und dieser Stein in meiner Hand,
hüpfend, Dein Spiegelbild im Wasser zu berühren.

*

Stein, im Fluß bewegter Fels, bald wirst Du Kiesel sein,
erzählst Geschichten von den Zeiten vor der Zeit als
Stein im Fluß.

Süß und kalt weht der Wind
durch die Nacht in Moll.
Ich tanze über Rosen
in den Dornenschmerz.
Zwischen Tag und Traum
hängen die tiefblauen Netze der Sehnsucht.
Längst habe ich mich darin verfangen.

*

Ich trage mein Lächeln
Deinem Blick entgegen.
Doch wer versteckt sich
hinter Deiner Stimme,
deren »DU«
mich schaudernd durchbebt?

Unberührbarer,
gib acht!
Gedanken folgen Dir erschöpft
durch alle Gassen,
fangen Dein Gesicht,
ein Luftgebilde,
blauviolett hinter Lidern.
Schmerzhaft verknotet sich mein Fühlen,
herzwelk reich' ich Dir diese Schale:
getrocknete Tränen, funkelnde Kristalle.
Gib acht
auf Dein Verlangen,
denn sie haften auch
an kalter Hand.

Verklärung zwischen zwei Abschieden:
Zeitlos und unermeßlich,
meine gesattelten Wünsche.
Du, sei sanft, kose meinen Nacken
und ich will mich verlieren
im Weihespiel Deiner Lippen.

*

Die Zeit ist verzaubert,
wenn wir unsere Träume
im verwunschenen Rosengarten weben.
Das Licht hüpft auf dünnen Fäden
zu dunklen Kissen aus Moos.
Dort wollen wir unsere Namen
ins Geäst der Bäume flüstern.
Liebe raschelt durch's Laub.

Verspätet erreicht mich
Dein Blick von gestern.
Sanft schmiege ich mich
an Deine Abwesenheit,
leg mir Deine Worte
auf die Zunge,
laß sie zergehen.
Dann entkorke ich die Nacht
und blättere Traum um Traum,
bis ich vergesse, was ich fühle.

*

Wie nah Du mir gekommen bist:
Nah genug, den Flügelschlag
in Deinem Arm zu spüren
und auch die Samtspur Deines Worts
an meiner Wange.

Wie nah ich Dir gekommen bin:
Nicht nah genug!

Wühle in alten Briefen.
Dein Photo:
Verrostete Gefühle.
Hinter'm Rahmen
vergilbt gepellte Zeit.

*

Zu später Stund':

Der Mond nimmt gleich ein Wolkenbad,
kurz über'm Apfelbaum.
Ich hüpfe barfuß durch den Schnee,
will ihn mit einem Käscher fangen,
höre sein blaues Lachen, wie's hinter'n Himmel rollt.
Dort, wo die Seelen in Ewigkeiten spazierengehen'.
Schick schnell noch einen Gruß dem Lachen hinterher.

Wolkenverborgen
durchpflügt das Wort die Himmel, alle,
seilt sich auf dünnen Sonnenstrahlen
hell hinab,
scheut weder Taubheit noch Unverstand,
durchquert karg-rauhe Berge.

Von Winden fortgetragen,
erreicht das Wort die Meere, alle,
tanzt mit den Wellen
fernen Ufern zu,
sät sich in reife Erde,
wird es wohl werden …?
… das Wort
stirbt
oder aber
nie.

Prosa

Die andere Welt der ... »Geschichten von jenseits des Zaunes«

Die letzte Siedlung war geträumt

Angela liebte es, im königlichen Park zu reiten. Galopp galopp galopp schneller schneller hey langsam trab trab trab. Dabei ging ihr der Wind durch das Haar und ihr Hut fiel beinahe hinunter, dann fiel er hinunter. Trab trab trab brrr. Warte mal ganz kurz. Sie hob den Hut auf und bemerkte den komischen Typ nicht, der Schlimmes im Schilde führte. Der Typ ritt im Schritt Schritt Schritt. Er schaute durch die Bäume und Büsche und hatte nichts Gutes im Sinn, das sah man gleich an seinem Blick.

Zur Beerstraße zurückgekehrt, begegnete sie dem Bürgermeister, der wie immer traurig durch die Straßen schlich. Sie grüßte ihn immer freundlich, weil sonst keiner im Dorf ihn grüßte. Seine Frau hatte nämlich allen im Stadtstaat verboten, mit ihm zu sprechen. Die Bürgermeisterfrau war ganz schrecklich. Man erzählte im Dorf, daß sie im einzigen Bett im Haus schlief, während ihr Mann und die Kinder auf dem Boden schlafen mußten. Und wenn die Kinder morgens zur Schule gingen, mußten sie sich hinausschleichen, weil wenn ihre Mutter sie hörte, bekam sie einen Schreianfall. Arme Kinder, denn ihre Lehrerin war genauso. Wenn man die Hauptstraße entlangging und an der Schule vorbeikam, hörte man nur furchtbare Schreie.

»Guten Tag, Herr Bürgermeister! Wie geht es Ihnen heute?«

Er sagte traurig Guten Tag, zuckte auf die Frage nur mit den Schultern.

Angela lebte glücklich in der Beerstraße 13 mit ihrem Mann, der sehr nett war, aber leider ein wenig langweilig. Meistens stand er in einer Zimmerecke und schwieg oder er saß über seinen Bauprojekten am Tisch. (Er war Architekt, und sie war Designerin.) Wenn irgend etwas passierte, war er immer Angelas Meinung. Wenn sie sagte: »Der arme Herr Mahler.« (Herr Mahler war Maler, aber er hieß nur zufällig so ähnlich wie sein Beruf.) Dann sagte ihr Mann gar nichts, und das bedeutete: »Stimmt.«

Als sie Blumen in die Vase steckte und dabei ein Lied summte, merkte sie vieles nicht, weil sie es nicht merken konnte: Frau Bürgermeisterin ging auf der Hauptstraße, wie immer umzingelt von politischen Männern, die Schule war aus und die Kinder strömten erleichtert nach Hause, und der komische Typ von vorhin, den sie nicht gesehen hatte, näherte sich langsam und verdächtig dem Stadtstaat Virgilia.

Am Abend versammelte sich die ganze Siedlung zu einem Volksfest, da wurde Musik gespielt und wie immer redete keiner mit dem Bürgermeister, weil sie Angst vor seiner Frau hatten. Alle kamen, nur Herr Mahler nicht und die Prostituierte auch nicht, weil die sehr arm waren und Tag und Nacht arbeiten mußten in ihren Einzimmerwohnungen ohne Fenster.

Es war sehr schön, und niemand bemerkte den Fremden, der sich hinter Bäumen versteckte. Die Bürgermeisterfrau hielt eine Rede und verlas die neue Verfassung von Virgilia:

»So. Ich habe drei Gesetze aufgeschrieben, damit wir und auch die Polizei Bescheid wissen, was geht und was nicht geht.

Paragraph eins: Du darfst niemanden umbringen, es sei denn, es ist Notwehr oder Selbstmord oder Aus-Versehen.

Wer das trotzdem macht, muß das ganze restliche Leben im Gefängnis verbringen.

Paragraph zwei: Du darfst nicht stehlen, es sei denn die gestohlene Sache gehört dir.

Wer das trotzdem macht, muß für zehn Jahre ins Gefängnis.

Paragraph drei: Du darfst niemanden vergewaltigen, der es dir nicht erlaubt hat.

Wer das trotzdem macht, muß für zehn Jahre ins Gefängnis.«

Alle klatschten und fanden die Gesetze gut. Hinter den Bäumen klatschte ein komischer Typ und lächelte gemein.

»Ach ja«, sagte sie. »Paragraph vier: Niemand darf mit meinem Mann, dem Bürgermeister, reden. Ich bin zuständig für alles. Wer das trotzdem macht, dem wird das Wahlrecht entzogen.

Paragraph fünf: Keiner darf ein Auto besitzen, außer der Polizei, damit die Polizei die Kriminellen leichter einholen kann. Das kann keiner trotzdem machen, weil es nur ein Auto im Land gibt, deswegen brauchen wir auch keine Strafe dafür. Alle anderen nehmen bitte Pferde oder den Linienbus. Außerdem, liebe Gemeinde, haben wir jetzt ein Einwohnermeldeamt. Bitte tragen Sie sich alle in die Liste ein, damit wir wissen, wie viele wir sind und wie alt jeder ist. Wenn jemand geboren wird, ist es anmeldepflichtig. Name und Datum. Danke für Ihre Aufmerksamkeit.«

So. Die Kinder wurden nach Hause geschickt und gingen allein ins Bett, weil es spät war und die Erwachsenen tanzen wollten. Sie tanzten, weil das Lied gespielt wurde: »It's been a hard day's night.«

Während fast alle im Dorf tanzten, lag die Prostituierte mit einem Typ im Bett, umarmt. Herr Mahler malte an einem Bild, dann arbeitete er an der Dorfzeitschrift, die er ganz alleine machte, er brauchte immer Geld und hatte es nie. Es war nämlich so, daß jeder im Dorf schon ein Bild von ihm hatte, und so viele Bilder, wie er malte, brauchte halt keiner. Das war das Problem. Und natürlich schlich der düster gekleidetete Typ durch die Straßen und überlegte, was er Böses machen konnte, während alle weg waren.

Von allen möglichen Sachen fiel ihm leider ein, bei Angela und ihrem Mann einzubrechen und alles zu klauen. Alles! Die ganzen schönen Möbel, die sie selbst designt hatte, den schwarzen Arbeitstisch, sogar die Bilder, die an der Wand hingen von Angela und Herrn Mahler.

Als sie nach Hause kam, war die Wohnung leer und sie rief den Polizisten. Der Polizist sagte: »Das bedeutet zehn Jahre Gefängnis für den Typen, der das alles gestohlen hat. Ich werde ihn suchen. Gute Nacht.«

Angela und ihr Mann mußten auf dem Boden schlafen ohne Decke. Sie fanden das blöd, aber auch ein bißchen gemütlich, man fühlte sich wie in einer Scheune. Angela öffnete die Dachfenster, damit es hereinregnete, auf ihre Gesichter, sie erzählte ein paar Geschichten und schlief ein.

Der Polizist suchte überall, fragte alle, aber jeder sagte: »Ich habe ein Alibi. Ich war auf dem Volksfest.« Und das stimmte. Der Polizist fragte sich, ob die Kinder vielleicht alles gestohlen hatten und drohte ihnen mit Gefängnis. Dann fuhr er mit seinem Auto herum und herum und überall herum, er fuhr sogar weit weg, weiter als der königliche Park, weiter als die Berge, weiter als das Wohnzimmer, weiter als die Küche, bis zum Gang. Fast hat er nicht zurück gefunden nach Virgilia.

Nachdem der Polizist tagelang gesucht hatte, schlief er ein paar Tage. Der komische Mann wurde nicht mehr gesehen, von keinem, eigentlich wurde er nie gesehen, außer vielleicht später. Zum Glück hatte er jedenfalls nicht die Pferde geklaut.

Am nächsten Tag ritt Angela wieder durch den königlichen Park. Die Blumen waren so schön an den Rändern angeordnet, der Park war wie ein großes Rechteck, wie ein Teppich, aber viel größer und königlicher.

An dem Tag, an dem der Polizist wieder erwachte und weitersuchen wollte, ritt Angela so herum und herum und herum, so im Kreis, und bemerkte ein Kind.

»Hallo«, sagte sie. Das Kind aber sagte nichts. Sie fand das nicht so komisch, weil ihr Mann ja auch nie redete. Sie nahm das Kind einfach mit nach Hause. Zu Hause lernte das Kind Schachspielen von Angelas Ehemann. Sie adoptierten das Kind und später wurde der Junge Schachweltmeister, aber noch nicht jetzt.

Jetzt war der Polizist im königlichen Park. Plötzlich sah er einen Verdächtigen, der die Blumen pflückte, die dort angepflanzt waren.

»Im Namen des Gesetzes, der Freiheit und der Verfassung. Sie sind verhaftet!«

»Sie sind auch verhaftet«, antwortete der Mann. »Sie sind mehr verhaftet als ich. Ich verhafte Sie, weil sie versucht haben, mich zu verhaften. Wir sind im königlichen Park und nicht in New Virgilia City. Ich bin Polizist.«

»Ich bin auch Polizist. Kann man Polizisten verhaften?« erkundigte sich der Polizist.

»Ja«, sagte der andere, der in Wahrheit bloß der komische Typ war, der doch wieder gekommen war. »Hier im königlichen Park ist das möglich. Ich stecke Sie jetzt ins Gefängnis.«

Leider glaubte der Polizist ihm und ließ sich verhaften. Aber davon merkte keiner was, alle waren zu Hause und nicht im Park. Der Polizist wurde nie mehr gesehen, außer vielleicht später, aber ich glaube eher nicht, der war weg und man holte einen anderen Polizisten, um den zu ersetzen. Das war nicht so schlimm, weil der Polizist keine Familie hatte, keiner war traurig, außer vielleicht der Prostituierten, weil sie manchmal umarmt mit ihm im Bett gelegen hatte. Aber ich glaube eher nicht, daß sie traurig war, die mußte zu viel arbeiten.

Katarina Cuéllar

Und wie kamen Sie auf den Titel?

Es war um die blaue Stunde, die sich um diese Jahreszeit zwischen acht und neun einzustellen pflegt. An der Fußgängerampel stand ich und wartete wie ein Zombie auf grün, als eine Frau beschloß, sich das Warten zu schenken und die Straße auch ohne elektrische Erlaubnis zu überqueren.

»Sie, das ist den Kindern aber kein Vorbild«, rief ihr ein Vater mit zwei Kindern im Grundschulalter hinterher. Er sprach in angepaßtem Bayrisch, und in seiner Stimme hörte man das absolute Recht, das er innehatte.

»Genau«, rief der etwa neunjährige Sohn erstaunlich tief und gehässig. »Sonst müssen wir die Polizei rufen!«

Der Vater suchte meinen Blick, denn er wollte Komplizen. Aber ich wartete wie ein Zombie, bis es grün wurde, und ging. Ich ging sehr lange immer geradeaus, und wenn ein Zaun meinen Weg versperrte, kletterte ich darüber. Der Tag war einfach dazu angetan, ewig und ohne Ausnahme geradeaus zu gehen. Ich hoffte gerade, daß sich mir keine Laterne entgegenstellen würde, die sehr schwierig zu überklettern sein mußte, als ich gegen ein parkendes Auto lief. Es blieb mir ja nichts anderes übrig und so stieg ich über die Kühlerhaube.

»Sie da! Sie da! Ich ruf die Polizei«, rief der Autobesitzer von der anderen Straßenseite, der mich nun verfolgte, so daß ich zu rennen begann. Es war eine Schockreaktion, in meinem Kopf befand sich vermutlich kein einziger Gedanke, ich erinnere mich im Nachhinein nur, daß ich zuerst in eine Hecke sprang und daß sich dann ein Kanal unpassierbar vor mir ausbreitete. Der Mann hatte meine Fährte vielleicht verloren oder er rannte nunmehr lautlos wie ein Bär. Glücklicherweise fand ich ein Boot im Wasser und ich dachte, daß Bären wahrscheinlich nicht schwimmen können, ich rettete mich auf das Fahrzeug und ruderte tierisch davon. Die Luft war ganz rein, ein Gedanke begann sich zu materialisieren, doch da raste eine Frau in einem Motorboot daher und versuchte, mich zu rammen. Meine Logik ließ mich im Stich und ich wußte nicht, mit welchem Ruder ich paddeln sollte, um mich nach rechts zu drehen. So drehte ich mich aus Versehen nach links und stieß mit dem Motorboot zusammen. Sie griff nach einem meiner Ruder, schlug es mir quer über den Kopf und schrie: »Sehn Sie! Das passiert, wenn man sich nicht an die Verkehrsregeln hält!«

Ich wachte im Krankenhaus auf und wußte nicht, was unangenehmer war, das Gefühl, daß ich an allem schuld war, oder die Tatsache, daß ich keinerlei Versicherung hatte, weil ich mir so etwas nicht leisten konnte. Ich hatte Kopfschmerzen und wollte meine Augen lieber gar nicht öffnen, um Verhöre zu vermeiden. Doch das Leben fordert von sich aus, daß man die Augen öffnet, warum weiß ich nicht. Das Zimmer war – wie man sich das im allgemeinen vorstellt – relativ weiß. Vor mir stand ein Mann und hielt eine zerbrochene Windschutzscheibe in beiden Händen.
»Sehen Sie nur, was Sie angestellt haben!«
»Es tut mir leid. Es tut mir leid.« Ich war sehr verlegen und schaute zu Boden.
»Das ist auch keine Entschuldigung. Das ist ... was soll ich mit einer Entschuldigung, das ist ja eine Frechheit. Sie sollen sich nicht entschuldigen, Sie sollen sich richtig verhalten. Und wenn Sie mir die Scheibe bezahlt haben, dann entschuldigen Sie sich gefälligst!«
Ich unterdrückte eine Entschuldigung dafür, daß ich mich entschuldigt hatte. Der Mann hingegen verließ den Raum so heftig türeknallend, daß die Tür in mehrere Stücke brach, so daß er in einen Streit mit einer Krankenschwester geriet. Das war ein ausgezeichneter Moment zu fliehen! Barfuß und im weißen Unterhemd lief ich aus dem Krankenhaus, das sich interessanterweise mitten in einem Urwald befand. Ich fürchtete mich sehr vor Schlangen. Sehr. Aber noch mehr hatte ich Angst vor Wespen. Aufgrund meiner Barfüßigkeit war ich recht verletzbar und schnitt mich an etwas Spitzem – einer zerbrochenen Bierflasche, wie ich zu spät erkannte – und nun blutete ich obendrein am Fuß. Ich fluchte auf die Kunstinteressierten, die hier offenbar eine Party gefeiert hatten, und schleppte mich ängstlich davon, denn ich dachte an Geschichten, in denen es um bestimmte Tiere geht, die Blutspuren verfolgen. Aber ich konnte mich nicht erinnern, um welche Tiere es dabei immer ging.
Blutegel? Blutschlangen? Blutwespen gar? Oh mein Gott. Ich war dem Tode geweiht, wie eine Motte im Weinglas. Aber ich dachte mir, sterben war nicht so schlimm wie eine Windschutzscheibe zu zahlen, die mit Sicherheit Millionen kostete, und ich hatte noch – Moment – genau drei Euro und vierundzwanzig Cent. Das reichte nicht einmal für Zigaretten. Und ich rauchte doch so gern, besonders, wenn ich nervös war.
Da wachte ich auf. Es war ein normaler Tag und nichts regte sich im Zimmer. Aber die Möbel – ich sah die Möbel und den Kronleuchter an der Decke, der subtil schaukelte, und ich begriff, daß die Welt noch viel schlimmer war, als ich es mir ausdenken oder erträumen konnte – nie im Moment selbst, weil

der Moment so absorbierend war, daß man keine Zeit hatte, sich über den Schrecken zu erschrecken. Ich dachte an die Unmöglichkeit sich umzubringen, denn wer Angst vor Wespen hat, hat noch viel mehr Angst vor dem Tod. Oder vor dem Leben davor. Oder vor einer Nase, die riecht, oder einer Hand, die sich helfend stellt.

Das zynische Schicksal brachte mich dazu, einen Kaffee zu kochen, langsamer zu atmen und vom Fenster her meine Nachbarn zu beobachten, wie sie das Gartenhäuschen reparierten.

Da ging mein Atem doch wieder schneller. Hatten die denn nix Besseres zu tun? Hatten die denn nicht mehr alle Tassen im Schrank! Wußten die denn nicht, daß die Uhr längst tickte?

Verbissene Idioten! Ich schaltete meinen Rechner an und begann einen Roman zu schreiben mit dem Titel: Die verbissenen Idioten.

Katarina Cuéllar

Der König und die Fischerin

Zu einer zeit, als sich das prassende prächtige wieder dem kargen einfachen zuwendete, um daraus hervor wieder zum prunkvoll prächtigen überzugehen und so immer weiter ...,
da saß ein könig am see auf seinem thron aus gemarterten herzen und hatte alle seine minister weit fort geschickt, um allein zu sein. die hofpoeten beobachteten dies gierig von ferne und mit gespitzter feder warteten sie auf die gefüllten gefühlsfasane und innerlich bewegte enten, und wollten dies mit rätseln verschlüsselt auf den königlichen blättern niederlegen zur eigenen feier.
doch der könig war in sich ganz versunken und blickte nur hinaus auf den see. da setzte sich eine fischerin mit einem löchrigen gewand aus garn und nur notdürftig geflickt zu seinen füßen nieder und schwieg mit ihm und blickte auf den see. sie roch stark nach fisch und die königliche nase kräuselte sich etwas. sie nahm kleine kieselsteine in ihre kleinen hände und schichtete sie aufeinander ganz vorsichtig, zuerst die größeren und nach oben zu immer kleinere. so baute sie ohne hinzusehen viele türme um sich und den könig.
und starker wind zog auf und sturm wie ihn das königreich noch nicht gekannt hatte, doch die kieseltürmchen hielten.
da sprach der könig: »dein reich ist so viel einfacher als meines und hält doch dem wind und dem sturm stand!«
und die fischerin lehnte sich mit dem rücken an seine knie an und antwortete ihm, während sie auf den see hinaus in eine unbestimmte ferne hinein lächelte:

»es ist die zeit von brot und fisch,
nur reines hat jetzt noch bestand,
sieh, alles andere ist tand.«

und der sturmwind blies dazu eine kräftige melodie um des königs rote nase.

da wollte auch der könig nicht mehr in seinen großen und prächtigen palast zurück mit den großen und prächtig goldenen sälen und möbeln und frauen und männern und hofpoeten und fasanen und enten und seinem goldenen nasenzwicker, sondern er wollte nur noch am see sitzen und seine nase kräuseln im sturm.

das stürzte das reich und die minister in große verlegenheit, und sie fürchteten schon, sie müßten den staatsbankrott ausrufen und die königlichen fahnen und standarten auf halbmast hängen und es käme jetzofortan eine karge zeit ohne königtum, ohne fasanen und enten und ohne hofpoeten und ohne schöne prächtig gekleidete männer und frauen und ohne jagd und musik und ohne gemarterte herzen. und sie heckten einen plan aus ...

zunächst beschlossen die minister, die sich allesamt für unentbehrlich glaubten, weil sie mit großen kubischen hüten einhergingen und dicken ketten und in sonderbaren tüten, die mit vielerlei allegorischen tieren bestickt waren, ihr geschlecht vor sich hertrugen, diese also beschlossen, nichts mehr zu tun und in einen abendländischen streik zu treten.

wie groß war ihr erstaunen – und es war so groß, daß ihre tüten schrumpften und die ketten herabfielen wie geröll und die hüte einen schlitz nach oben bekamen – als das ganze reich ganz wundervoll weiterfunktionierte: die soldaten kämpften, die bauern bestellten die felder, die frauen gebaren und die lehrer bildeten ihre früchte auf das allergebildetste weiter, die gerichte sprachen recht nach den sich immer noch gut eignenden gesetzen des königs, die kühe gaben milch und die bienen honig und dem reich fehlte es an nichts.

die minister erwiesen sich als vollkommen überflüssig, man sprach von ihnen gar nicht. ein leicht säuselnder azurwind tänzelte über das land und in ihm die zahlreichen vögelein und schmetterlinge und der könig zog seine schärpe aus und es wurde ihm leicht um die brust, so daß er meinte, er habe statt seines schweren herzens nur ein piependes nacktes vöglein darinnen, dem er mit einem wohlig knurrigen »nähhh« ein zufriedenes schmatzen entlocken konnte.

die fischerin flickte ihre netze am abend und tagsüber schwamm sie hinaus in den see und besprach mit den fischen, wie viele von ihnen es sich eine ehre sein ließen, in einen menschlichen mund schlüpfen zu dürfen und welches davon für den königlichen mund gar bestimmt sein sollte. aber die minister spuckten die zappligen fischlein aus und tranken sich mit bösem dschinnit die verschwörerischen wörter zu, die ...

... einstweilen noch ungehört in tropfenform verhauchten an ihren rosigen wangen ...

da kamen die hofpoeten an das ufer des sees gezogen in langer prozession mit ihren goldfischgläsern auf den häuptern und jeder hinter sich die lange schleppe einherziehend, auf der ihre jeweils gesammelten lyrischen ergüsse aufgestickt waren, auf daß man schon an der länge dieses seidenschwanzes ihre erhabenheit von ferne erkannte.

die fischerin muß sterben!, sagte ihr anführer mit der längsten schleppe. sie ist prosaisch und stinkt. nichts poetisches entweicht ihr, nur eine kurze phrase der sachlichkeit –

da zog gerade der könig sein oberhemd aus und die kitzeligen brusthaare schimmerten in der abendsonne.

er rieb sich befreit und glücklich, seine eigene haut wieder zu spüren, mit der rechten, schwer beringten hand über das nest seines vögelchens und seufzte tief.

an welche todesart habt ihr denn gedacht? fragte er und hoffte im stillen, daß sie an das ertrinken gedacht hätten, denn jeden morgen sah er die fischerin in das meer eintauchen und abends wieder dem schaum entsteigen.

wir dachten an eine zutodelesung, sagte der mit der längsten schleppe während er um den königsthron herumging und dabei dem könig unbemerkt die schleppe um füße und thron windete.

da gluckerte etwas im könig und alle dachten, das käme von dem vielen seewasser, welches er aus der muschelhand der fischerin getrunken hatte und man wollte ihm schon blutegel ankleben und darüber ein gedicht verfassen.

jaju, prustete der könig, obwohl er sich sehr bemühte, diese regung zu unterdrücken, eine zutodelesung ist eine lange und qualvolle angelegenheit ... wollt ihr sie nicht lieber ertrinken lassen?

das müssen wir erst bedenken! und die goldfischgläser wandten einander ihre gläsernen wände zu und klirrten leise aneinander, aber sie kamen zu keinem ergebnis, bevor der tag sich aufs neue ins abendrot verlor ...

der könig war darob könig geworden, da er sich auf die kunst der mufuspra verstand, auf die kunst der multifunktionellen sprache. und das kam so:

als er noch ein prinz war und sein vater machtvoll auf dem thron dem ganzen reich gewicht verlieh, da war er unbeschwert und ständig trunken von all der schönheit und leichtigkeit, die ihn umgaben. mit den lerchen stand er morgens pfeifend auf und ging nach einem prunk- und lustvollen tag reich mit den nachtigallen zu bett und eines wunderträchtigen tages begegnete er seiner hauptfrau, die blind und schön und taub war, aber in zungen sprechen konnte. und er vermochte sich nicht genug daran zu erfreuen, wie da die silbrigen und glitzernden worte aus ihrem kirschenmund blühten wie kleine unverstandene knospen und er verstand kein einziges wort. da sprach er noch eindimensional, da sie ihn nicht hören und nicht sehen konnte und nur von ungebändigter freude erfüllt war, ihn zu spüren. sie hatte nicht ein ahnen, daß er ein prinz sei, und es wäre für sie nur ein flüchtiger schatten gewesen, hätte sie es erfassen können.

aus monarchischen gründen aber mußte er noch im prinzenstande sieben nebenfrauen aus den nachbarstaaten nehmen, davon war eine giftig, eine blutig, eine dornig, eine gärend, eine schwefelig, eine krallig und eine durchsichtig. untereinander aber waren sie ein gefährliches biotop, in haß und eifer ineinander verschlungen.

da hatte der junge prinz lernen müssen, seine einfachen sätze so zu formulieren, daß eine jede von ihnen heraushören mußte, daß er nur von ihr sprach. da hörte die giftige nur das giftige, die krallige nur das krallige, die gärende nur das gärende und so jede auf ihre weise.

diese art zu sprechen nun befähigte ihn auch zum königthume, denn jeder einzelne, gerade noch mit erhobenem zeigefinger im streit mit seinen kollegen befindliche minister, sah sich – und nur sich – auf das wohligste in seinen ansichten vom könig bestärkt und konnte sich so eine größere großzügigkeit erlauben als ihm in die wiege gelegt worden war.

diese außerordentliche klugheit des königs gab ihm eine gewisse ruhe auf seinem thron am see mit den bereits festgezurrten beinen an seinem thron aus gemarterten herzen, den er von seinem nicht so klugen vater, der nur eine frau gehabt hatte, übernehmen hatte müssen.

an diesem abend war die fischerin über nacht nicht an land gegangen und morgens war dem könig kalt, so daß er sein hemd wieder anzog und an den warmen palast dachte und zu seinen hofpoeten sagte: …

seid gütiger, mir ist kalt.

da sprangen die goldfische aus den gläsern und fielen in die löchrige schürze der fischerin, die um diese mittagsstunde dem meer entstieg, und sie zog eine wolke vom himmel und verbarg darin die goldenen leiber und warf sie mit einem schwunge wieder an den himmel zurück, daß über dem see ein goldener regen herniederging.

wir bleiben bei der zutodelesung, intonierte der hofpoetensprecher und der könig seufzte.

da tänzelte über den kurzen horizont des kleinen königreiches am see die hauptfrau des königs in zungen sprechend und von unwiderstehlicher macht blind getrieben bis zu des königs thron und er legte seine hand auf ihr ohr und sie wackelte mit den hüften und strahlte über das ganze gesicht. da waren im könig die bilder, wie oft sie beide ein wackeliges paar gewesen waren, sie aber sprach:

tu ke amassikore
amit funereassi

und er mußte lächeln.
 die fischerin aber trat vor ihn und sagte: du bist hier der könig. sage ein wort und ich bin nicht mehr da.
 nein, nein, sagte der könig, du mußt dir nun die hofpoeten anhören. denke ein jedes wort als fisch und es wird dir gefallen.
 darf ich wenigstens über nacht in den see zurück? fragte die fischerin und gluckste dabei kichernd.
 ja, mein kind, auch du mußt ja in deinem reiche dienst tun.

und so trugen die hofpoeten den thron mit dem wackeligen königspaar unter lautem deklinieren vom ufer des sees wieder in den palast zurück. damit kehrte nach einer zeit der kargheit wieder die prächtig prassende fülle in das königreich ein. die zutodelesung aber war für den nächsten morgen angesetzt.

da kam die fischerin aber nicht mehr an land und der könig wars zufrieden und die hofpoeten machten daraus die düsteren elegien, ein jeder in seiner art, und so kommt es noch heute, daß ein hofpoet, so er am ufer eines sees sehnsüchtig hinausblickt auf die ruhigen goldenen wellen in der morgensonne.

es waren aber dem könige nach einiger zeit, welche dicht gefüllt war mit regieren und pracht, die schärpe und das hemd zu eng geworden, die brust kein nest mehr, aber die beine wieder frei. er konnte seine haut nicht vergessen, die brusthaare, die so rotgolden in der sonne geschimmert hatten und den frischen fischedurchwirkten geruch am see.

da beschloß er für sich in seiner innersten geheimen kammer, seine kunst der mufaspra für sein leben ganz allgemein anzuwenden: ein multifunktionales leben wollte er ab nun führen, viele verschiedene leben in seinem einzigen.

er wußte aber noch nicht so recht, wie. er könnte filmregisseur werden, schließlich war er könig, oder theatermaestro. mit jedem film würde er ein leben ausleben und die rolle des jugendlichen liebhabers oder des piraten oder der klostergelehrten oder des wundervoll singenden kastraten oder des papstes einer neuen kirche oder des dachpoeten oder des wildgelockten obsessionsmusikers oder oder oder ... übernehmen.

zunächst aber schrieb er sein erstes gedicht nieder:

> seegeruch macht könig frei
> und daraus entwickelt sich allerlei

das gefiel ihm, so, wie es da stand. das sollte sein innerer geheimer wahlspruch werden. er hatte ihn mit zitronensaft auf fischrogenpapier gepinselt, mit seinem rasierpinsel, dem mit seinen goldenen initialen darauf.

am nächsten morgen stand er beschwingt und fröhlich auf und ließ ein geheimes konzil zu seinem ankleidezeremonial zusammenkommen.

seid ihr in der lage, einen zweiten könig zu schaffen, der mir in allem gleicht und genau wie ich keine unvernünftigen entscheidungen trifft? ich möchte einige zeit verreisen und als einfacher schreinergeselle durch mein land ziehen ... allein – ihr müßt!

nun, mein könig, ich habe da vor kurzem einen weinhändler gesehen, der euch äußerlich gleicht ...
ich könnte ihn in mufuspra unterrichten ...
eure hauptfrau kennt euch an der wärme eurer hand, die müßten wir ...

jaja, sagte der könig ungeduldig, während er sich sein wams aus rotem samt zuknöpfte, tut, was ihr könnt – ihr seid meine fähigsten leute ...

und er war so ungeduldig, daß er schon vor dem mittagessen sein abendbrot einnahm und den halben tag verschlief und nachts bereits den neuen tag begann und so für diesen tag sein königreich ganz schön durcheinanderbrachte. die hähne mußten um mitternacht krähen und die werkstätten auch und den soldaten fiel ein ganz unverhoffter sieg zu, weil die feinde noch schliefen.

die konzilweisen aber versuchten nun alles, um wenigstens den nächsten tag zu retten in einen gottgegebenen rhythmus.
　　der nächste tag begann so: ...

der weinhändler wurde von einem agenten mit grauem mantel aufgesucht, hatte aber noch nie etwas von einem könig gehört, denn das kennzeichnet ja die guten könige, daß sie mit unbemerkter hand regieren, ja, man ihr regieren nur am reibungslosen fluß der dinge ersehen kann.

als ihm nun in kleinen details wie in tropfen des morgens am grasblatte die ganze geschichte näher gebracht wurde, bat er sich bedenkzeit aus, denn ein mensch, der mit wein zu tun hat, weiß, daß man aus den sprießenden blättern keine trauben mit gewalt herausziehen kann, auch wenn man jede nacht in die hügel geht.

ja nun, sagte er dann gemütlich, so will ich meinem könig, den ich erst heute kennengelernt habe, schon weiterhelfen. es kann nie schaden, mal eine andere rebsorte zu probieren ...
　　und er ließ sich bereitwillig ins schloß führen und gab seinem gesinde bescheid, er bereise nun bessarabien, um neue setzlinge aufzutreiben.

als der könig den weinhändler, dem man bereits seine königlichen imitatskleider angelegt hatte, zum ersten mal sah, klopfte er ihm mit dem mittelfingerknöchelchen auf die stirn und sah, daß er vor keinem spiegel stand.
　　dieses problem war also gelöst.

dann fragte er ihn: lügst du? und der weinhändler sagte laut und kräftig: ja! und da wußte der könig bereits nach diesem kurzen test, daß auch die mufuspra kein hindernis werden würde.

nun wurde die hauptfrau vor den weinhändler geführt.
 als er ihr seine gutmütig dicke und warme hand auf die wange legte, da wackelte sie schon und strahlte und redete in zungen:

luxo port heroenaster
klarutax philzorroastra

und da fing der weinkönig an, etwas zu transpirieren, denn ihm waren frauen am liebsten: schweigsam wie seine dunklen fässer im keller, die er nur gelegentlich drehen mußte.

die nebenfrauen rankten sich, als man ihn in deren gemächer und levkojen geführt hatte, an ihm empor und, da er so große ruhe ausstrahlte wie ein frisches lavendelkissen, kam mit dieser beruhigung für den könig die zeit des umkleidens.

in schreinermontur zog er nachmittags, gegen halb vier unter leicht bewölktem himmel, seinen hut noch lüpfend im kurzen umdrehen, aus seinem schloß aus. sein herz hüpfte ihm so leicht in der brust, daß er sich am liebsten einen feinen nieselregen gewünscht hätte, um es in dieser ungeschützten feuchte zwischen die tropfen vorausfliegen zu lassen.
 man muß schließlich bedenken, daß er, seit er ein könig geworden war, keinen echten regentropfen mehr gefühlt hatte.

das flache land nahm ihn freundlich auf ...

Susanne Bummel-Vohland

Sabine

Sabine träumte gerne vor sich hin. Das heißt, ob sie es gerne tat, wußte sie nicht. Sie träumte nicht absichtlich, es passierte einfach. In den ersten Jahren fiel das nicht weiter auf, denn ihre Eltern hielten es für normal. Erst als Sabine in die Schule kam, wurde das anders. Herr Walterschmitt mußte sie häufig während des Unterrichts zur Ordnung rufen. »Was habe ich gerade erklärt«, fragte er dann mit lauter Stimme und schlug mit dem Lineal auf die Kante der Schreibfläche. Der Schreck nahm Sabine jedes Mal den Atem, so daß sie nichts sagen konnte, selbst wenn sie die Antwort wußte. Nicht, daß sie hätte Schläge befürchten müssen, Herr Walterschmitt war keiner von denen, die Kinder schlugen. Aber Sabine wäre so gerne ein gutes Mädchen gewesen, für ihre Eltern, für den Herrn Lehrer und natürlich auch für Volk und Vaterland. Sabine wußte, ihre Eltern liebten sie trotzdem, und wie oft auch Herr Walterschmitt sie zur Elternsprechstunde lud, sagte die Mutter ihr am Ende nichts weiter als – sie solle sich doch nur ein klein wenig mehr Mühe geben und der Vater probte sein strenges Gesicht dazu. Danach nahm er Sabine aber immer in den Arm: »Biene-Maus, versuch's halt, wir möchten nicht mehr in die Schule gehen müssen.« Den allergrößten Ärger gab es jedoch immer dann, wenn nach der Pause alle Kinder zurück in die Klasse sollten. Herr Walterschmitt trat auf den Pausenhof, schlug den Gong und rief ganz laut: »Sammeln, alles sammeln!« Sogleich standen die Schüler in Reih und Glied, jeweils zwei nebeneinander. Zum Takt des Gongs betraten sie anschließend im Gleichschritt den Klassenraum. Jeder nahm seinen Platz ein, nur Sabine fehlte. Nicht oft, aber doch immer wieder einmal. Und dann gab es, wie gesagt, richtig Ärger. Die Eltern wurden einberufen, das ganze Ausmaß der Störung erneut, und nun wirklich zum allerletzten Male, dargelegt. Gestern sei beinahe eine ganze wichtige Lehrstunde verlorengegangen, räsonierte Herr Walterschmitt mit hilflosem Schulterzucken. Man müsse sich das vorstellen, fast eine ganze Stunde, bis Sabine gegenüber bei der alten Mühlbauerschen aufgefunden wurde, wo sie Milch mit Honig trank und dabei völlig vergessen hatte, daß es eine Schule überhaupt gab. Selbstverständlich war auch die Witwe Mühlbauer nicht ganz unschuldig daran, aber jeder wüßte doch, daß die alte Frau nicht mehr so richtig im

Kopf ... na ja alle drei Söhne, da könne man ihren Zustand schon irgendwie verstehen. Am Ende redete die Mutter ihrer Tochter wie immer ins Gewissen, der Vater probte sein strenges Gesicht und Sabine nahm sich vor, nie nie nie wieder zu träumen. Doch so sehr sie sich auch bemühte, sie konnte einfach nichts dagegen tun.

Es mag so gegen Ende des Schuljahrs gewesen sein und Herr Walterschmitt schlug auf den Gong, obwohl die große Pause eben erst zu einem Drittel vergangen war. Wie dann die Kinder artig aufgereiht vor der Schultüre standen, bemerkte er sofort, daß Sabine wieder einmal nicht unter ihnen war, doch er wagte es nicht, darauf hinzuweisen. Womöglich würde man ihn für einen schlechten Lehrer halten, für einen, der seine Klasse nicht im Griff hatte, für einen, dem Ordnung und Disziplin nicht das höchste Gut war. Und weil Magdalena Rübesam, die Banknachbarin von Sabine, heute wegen Krankheit am Unterricht nicht teilnahm, fiel es auch nicht weiter auf, daß noch ein zweites Mädchen in der ersten Bank vor dem Pult fehlte. Als die fremden Besucher, mit den glänzenden schwarzen Stiefeln, schließlich die Klasse wieder verlassen hatten, wobei sie zwei Buben und ein Mädchen mit sich nahmen, schickte Herr Walterschmitt den Rest der Kinder auch nach Hause. Sabine fand nach Honigmilch und schönen leisen Worten, die es sonst fast nirgendwo mehr gab, das Schulgebäude leer und verschlossen vor. Da war es ihr ganz fürchterlich zu Mute, weil die Eltern nun wieder zum Lehrer mußten und weil es ihr einfach nicht gelingen wollte, eine Zierde für Volk und Vaterland zu sein. Und dieses Mal hatte es besonders lange gedauert. Ihr Becher war ein zweites Mal gefüllt worden, obwohl Frau Mühlbauer gar nichts weiter erzählen wollte. Aus diesem Grund war ihr dann der Unterricht auch von alleine wieder eingefallen. Aber sie hatte Frau Mühlbauer nicht verletzen wollen und war geblieben. Ob das als Entschuldigung ausreichen konnte? Sabine wußte es nicht.

Am nächsten Morgen gab es, statt der gewohnten einundzwanzig Schüler, nur sechzehn Kinder in der Klasse. David und sein Bruder Ferdinand sowie Marta Goldblum fehlten. Magdalena Rübesam blieb weiter entschuldigt und auch Sabine fehlte. Die Familie, Vater, Mutter und natürlich die Biene, waren noch in der gleichen Nacht auf eine große Reise gegangen. Herr Rübesam hatte noch mit der Mutter geflüstert. »Aber ihr Mann müßte doch nicht unbedingt ...« »Aus und Schluß, ich will kein Wort mehr davon hören«, war der Vater ungewohnt heftig dazwischengefahren. Dann ging er vor Sabine in die Knie und nahm ihr mit strengem Gesicht das Versprechen ab – ganz

ganz brav und immer nahe bei ihnen zu bleiben für die nächsten Tage. Als Belohnung würden sie das große, weite und so wunderbar blaue Meer sehen dürfen. Und das wollten Sabine und Magdalena unbedingt.

Angelika Genkin

Spaziergang in eine fremde Welt

Das Wasser strömt lautlos in der Dämmerung dahin. Noch schwach zeichnet sich ein zarter Vollmond ab und macht die Schritte auf der weichen Erde zum Auftakt einer besonderen Nacht und zum Abschluß eines hektischen Alltags.

Flußabwärts, nicht weit der bedeutungsvollen Stelle, an der die Würmwasser mit dem Amperwasser einen Liebespakt schließen, die Träume der Anlieger der Würmufer in Amperträume übergehen, Ideen aufblitzen, Gedankenfunken sprühen, wo Wehmut plätschert von weit nach weit unter hoffnungsbeladenen Brücken:

Dort beginnt ein geheimnisvolles, ganz eigenes Land der Flußkobolde, die unter von Moos überwucherten Baumwurzeln noch stehender und entwurzelter Riesen in Höhlen hausen und ihren Schabernack mit den Spaziergängern treiben.

Ein Märchenort mit einer guten und einer fast grausig anmutenden Seite. Alte, ehrwürdige Bäume, denen ein mystisches Wesen rundherum die Haut genommen hat, so daß ihre Seelen, ohne die Möglichkeit, Wasser zu trinken, im verzweifelten Versuch, in die Anderswelt verdunsten.

Keiner weiß, wer der Nächste ist. Ein Baum stirbt langsam, verblutet, vertrocknet. Und keiner wußte gestern noch, wo heute, nach einer weiteren durchgemachten Nacht, wieder neue verstreute Rindenhaufen so unwiederbringlich verloren liegen würden wie jener hier, gerade vor uns. Ein unordentliches Bild, als hätten die Gäste die Party fluchtartig verlassen, ihre leeren Gläser nur halb ausgetrunken und einfach stehen gelassen, für ein erneutes rauschendes Fest.

»Zu nah am Wasser gebaut«, bleibt mir nur leise, mit Mitgefühl, zu einem Baum zu flüstern, den es diesmal getroffen hatte; kein Trost für ihn, sein Tod war heute Nacht beschlossen worden. Ein Tod, der einer anderen Form von Leben dienen soll. Wie Ziegel einem Hause, wie Felsen und Steine einer Burg an Land, so soll er dienen als Teil einer Holzburg im leise plätschernden Strom.

Nachts schneidet ein kleiner Kerl, mit Zähnen wie Messer so scharf, die Baumaterialien entzwei, um seiner Frau, bis daß der Tod sie scheidet, jedes

Jahr wieder ein Nest für die neuen Nachkommen vor ihren nasse Füße zu legen. Castor fiber heißt er, der Laubbaumkiller, das Ampermonster.

Wir gehen nun auf unsere eigene Party. Daß jedoch für jede Party auch immer etwas sterben muß! – Aber so scheint eben das Leben nun mal zu sein, denke ich, als ich in unseren Wagen steige.

Seltsam, welche Gedanken sich einem beim Spaziergang am Fluß eröffnen, während man sich doch eigentlich nur selbst begegnet, angesichts eines Bibers.

Susanne Nazet

Das Wasser scheint
wie die Liebe.
Dauernd in Bewegung
spielt es mit dem Licht des Himmels.

Ralf Sartori

Nur tote Fische
schwimmen immer mit dem Strom.

(aus unbekannter Quelle)

Novembermärchen

Ein neuer Tag fällt strahlend
aus dem Bilderbuch,

selbst der Novemberwind
hält seinen Atem an

und manche Sonnenuhr
streckt sprachlos ihren Finger Richtung März.

Ich lausche – aber es bleibt still ringsum.
Die kleinen Sänger scheinen noch zu schlafen.

Allein die Sonne
webt ein zartes Kleid um mich,

vielleicht zum Trost,

weil mir die klare Luft
so trüb nach Abschied schmeckt.

Ein letzter Schimmer schwebt
noch eben zwischen Nord und Süd.

Bald werden ihn die frühen Nebel fangen.
Erschrocken hole ich ihn in mein Buch zurück

Die lichten Seiten will ich sicher
unter meinem Kissen bergen,

daß ich mich darauf stützen kann
bei Nacht.

Angelika Genkin

Immer noch eiskalt

Ein Frühlingstag im Januar:
Eis auf dem See wie Pergament,
nur Hauch – kalt und zerbrechlich.

So dünn, daß es mich nicht mehr trägt.
Ich warte auf die Zeit,
ganz einzutauchen und zu schwimmen.

Wenn der Dezember wieder naht,
so starr, daß ich auf Schlittschuh'n tanze,
ist nichts mehr wie es einmal war.

Ein Frühlingstag im Januar:
Eis auf dem See wie Pergament,
nur Hauch – kalt und zerbrechlich.

Taut, rinnt hinab, tropft von meinem Herzen
und tränkt die erste Blume,
die nur zu meiner Freude blüht.

Susanne Nazet

Vom Ende des Winters

Eine Diamantendecke
liegt still auf meiner Welt.
Winterstarr und eingefroren
schlummern alle Möglichkeiten.
Lebensträume
ruhen, dösen, schlafen.

Kristall um Kristall
schwindet leis' das Glitzern.
Sonnenwarm und lichtdurchflutet
plätschern kleine Bäche.
Lebensläufe
schlängeln, fließen, rauschen.

Weiße Stoffreste
frißt ganz zart der Regen.
Graugetönt und farbenfroh
erheben sich Visionen
aus dem Regenbogen,
leuchten, schimmern, tanzen.

Schneller Pulsschlag
jagt durch alle Adern.
Heiß und fiebrig
brechen grüne Spitzen
aus der Erde,
trinken, taumeln, wachsen.

Im Morgennebel
taut und dampft der Wald.
Einatmend und ausatmend
lehne ich an einem Baum.
Lebenssehnsucht
erwacht befreit und liebt.

Susanne Nazet

Maientag

Maigrün explodiert.
Frühlingssonne auf der Haut,
umarm ich den Tag.

Horch, die Amsel singt!
Perlende Töne schenkt sie
und fragt nicht wozu.

Blütensterne schneit's
von taubedeckten Zweigen
ins samtene Gras.

Gedanken aus Licht.
War die Welt je strahlender?
Ich atme sie ein.

Ein zärtlicher Wind
streichelt rosige Wangen.
Er hat mich heut' lieb.

Ich bin wieder Kind,
vergesse freudetrunken
den Winter im Eis.

Gisela Wimmer

Strawberry fields

Ich habe
Walderdbeerblätter gesehen.
Walderdbeerblätter,
wie aus dem Nichts.
Vorboten
auf eine süßrote Zeit,
die vor uns liegt … .
Früchte – Ernte!
Entbehrter,
so vertrauter Geschmack,
von den Lippen
bis zu den Zehenspitzen.

Laß mich
in deinem Blütenmeer
den Frühling erleben,
als sei's der erste meines Lebens,
der auch dem letzten gleichkommt.
Voll Bewußtheit,
voller Klarheit
und doch
in verträumter,
berauschter Verklärtheit,
heiliger Mitte
der Welt.

Susanne Nazet

Ein wirklich ernstzunehmender Bericht über ein wunderliches Geschehen

Neben einer Sonnenliege
steht auf der Terrassenstiege
ein beschämter kleiner Baum,
gibt und nimmt sich keinen Raum.
Rundes Stämmchen, keine Blüte.
»Ach herrje – du meine Güte«,
wundert sich bei der Beschau,
jeder Mann und jede Frau.
Seht! Ein Baum, der gar nichts kann,
was fängt man mit so was an,
will nicht blühen, will nicht blättern,
taugt nicht mal zu schmalen Brettern,
stielt dem Herrgott nur die Sonne,
der kommt morgen in die Tonne,
Als dann der Mond, der Volle, scheint:
Zimmerlindchen steht und weint.
Was, zum Glück, ein Knäblein rührt,
das der Weg nach Dannen führt
weil er grad' von Hinnen kam
als das Lindchen Abschied nahm.

Dem Knaben gab einst eine Nymphe
unsichtbare Zauberstrümpfe
und eine Melodie dazu,
die lag bis heut' in tiefster Ruh'
und klang nun, da sie aufgewacht,
als hätte sie ein Gott erdacht,
um wunde Herzen zu betören,
was auch geschah, ich kann's beschwören.
Das Lindenherz begann zu brennen,
ja, fast ein Wunder könnt' man's nennen:
Wurzeln schlüpfen in den Strumpf,
es biegt sich sanft der Leib, der Rumpf,
den Knaben, der zum Manne reift,
ein zarter Schmelz von Blüten streift.

Sacht legte er seinen Arm um sie
und dann, ach nein, das glaubt ihr nie –
entschwinden sie im Tangoschritt.
Ich wünschte mir, ich könnte mit,
das aber ist mir nicht beschieden.
Kein Socken ist zurückgeblieben.
Mir bleibt allein die alte Erde,
auf der ich ewig trauern werde.

Auf Wolke 7, froh vereint,
zumeist wenn hell der Vollmond scheint,
tanzt mit dem Gatten, samt Gesinde,
den Blütentango unsere Linde.

Angelika Genkin

Ein Spaziergang

Entlang der Würm –
hoch in den Wipfeln –
sitzen
elegante Fischreiher.
Eingerahmt
von Nebeln und zarten Frühlingsknospen
umkreisen sie
ästhetisch und lautlos
ihre Opfer.
Lautlos,
wie die Katze auf dem Feld
pirscht
und unerwartet schnell
eine Maus langsam zu Tode spielt.
Welch ein Glück,
keine Maus und kein Fisch zu sein.
Ein Mensch,
manchmal das Opfer der anderen
– vermeintlich –
doch in Wahrheit
nur das Opfer seiner selbst.
Glück strömt mir zu
mit jedem Atemzug.
Mühltal –
München im Rücken,
das Gesicht
Starnberg zugeneigt,
der Sonne entgegen.
Heute habe ich keine Zeit
gefressen zu werden!

Susanne Nazet

Ewigkeit

Manchmal muß ich hingeh'n,
zu diesen Plätzen
an denen Geschichten haften,
wie aufgemeißelt anzuseh'n.

Bilder, die nur dort wieder erstanden –
nicht zu ertragen und doch so süß.
Woher sie kamen,
wohin sie noch entschwinden,
habe ich damals nicht verstanden.

Kleider, in denen Abende ruh'n,
voller Düfte, Gewürze, Zärtlichkeiten,
schmerzfreie Erinnerung herzklopfender Blicke,
wie abgedrehte Filme von Glanz und Ewigkeit.

Emotionen kleben an Gegenständen,
weg damit – ... liebe sie und meid' sie,
... gebrauch' sie, sehe sie und brauch' sie –
... sind doch die Dinge, die alles verbänden.

Was schwingt in den Namen mit,
seit ich den ein' oder anderen je hörte?
Oft schmeckt in den Speisen ein Schalk.
Nachts – traumschwer, ein Stern,
den's gar nicht mehr gibt.

Nur scheinbar scheint's ein Spiel,
so taumeln die Energien im Jetzt,
fliegen vorwärts und tanzen zurück,
ich Wirbelwind, ... versteh' nicht viel.

Die Welt – Stecknadelkopf in allen Welten,
und ein Pünktchen – wir beide nur.
Doch sind wir nicht auch Meister aller Sphären.
Vielleicht besser, ich weiß es nicht,
was mit Liebe geschieht.

Susanne Nazet

Das Fest
ist abgesagt,

vertagt
auf morgen
oder später
irgendwann,
auf Frühling,
Sommer,
Herbst
und Winter,
in eine Zeit
die besser paßt,
ins nächste Jahr
oder Jahrzehnt
vielleicht,
wo endlos
Zukunft liegt
bis hin zum
fernen
Horizont.

Das Fest
ist abgesagt,

beklagt
von Stunden,
die im Flug
fast unbemerkt
vergangen sind,
das festliche Gewand
hängt auf dem Bügel
an der Zimmertür
und wartet weiter
auf den rechten
Augenblick,

als käme er
zurück.

Angelika Genkin

Föntage

Zum Greifen nah sitzt, wie ein Diadem, das Alpenrund am Rand der Stadt. Der Morgen jubelt, kaum erwacht, ein Halleluja in die blankgeputzte Welt. Ein leichter Sinn weht übers Dach herein und macht mich froh. Das rote Kleid, das ich erstand an einem Tag wie heut' und das seither im Schrank verborgen blieb, das will ich heute in den hellen Frühling tragen,

    zum Teufel mit den dürren Zeigefingern –

        zum Teufel auch
        mit jenem Mann
        der einmal meiner war
        und dem das Rote galt
        und der mich schalt
        der Kosten wegen
        und für manches mehr

        und der

        im Wandel
        seiner späten Zeit
        den Treuering
        ein zweites Mal vergab
        an eines jener hübschen
        bunt bemalten
        jungen Dinger

– da protestierten weder Miz noch Maunz, die Katzen,

und mir sind sie ab heute auch egal. Die Luft vibriert und prickelt auf der warmen Haut und glättet magisch selbst die ersten Falten. Gerade so als wäre plötzlich wieder Mai. Ich zieh' das Rote über meinen kleinen runden Bauch und fühl' mich schamlos gut dabei.

Amgelika Genkin

Draußen
findet dein Leben statt,
zufällig.
Du stehst hinter der Tür,
manchmal
am Fenster,
siehst zu.

***

Die Welt bewegt sich wie ein Jahrmarktkarussell,
schnell und immer schneller.
Festhalten ...
die Menschen, die Zeit.
Mir ist ganz schwindelig vor lauter Liebe ...
zum Leben, zu Dir.

Angelika Maria Eisenmann

Karussell

Das Geheimnis der Zahl Pi.
Erlebbar im drehenden Karussell.
Die Fliehkraft spüren
Bei Glockenmusik im Dreivierteltakt.

Fauchende Tiger und spielende Clowns.
Jauchzend schwirrende Menschen.
Schwindelnde Freiheit in der Höhe.
Abgehoben vom Boden.

Vom ekstatischen Reigen berauscht.
Fliegen können.
Vergessen alle Sorgen.
Von Freude ergriffen.

Pi beschreibt mir den Kreisumfang.
Aus dem keiner ins Unendliche gelangt.
Eingeschlossen im ewigen Kreisen.
Gehalten vom Mittelpunkt.

Horst Jesse

Dornröschen träumt mit halbem Herzen

Still steht im Karussell ihrer Tage
sie,
und leise vergeht so das Leben.
Das Drehen wiederholt sich –
nur enger im Kreise.

Sie blieb an ihm kleben
Und er mit ihr stehen.

Voll, ihre Lippen, schön ist ihr Mund,
und auch sonst noch … ,
elegant die Erscheinung, bis ins Detail,
eigentlich vollendet –
nur traurig,
doch noch blitzen die Augen
hinaus aus dem Leeren,
um Leben zum Schein wenigstens
zu beschwören.

Doch schnell dreht sich weiter
das alte Karussell.
Sie bleibt darin stehen,
Und schon lang
vor dem letzten Kreise
wird sie traurig und leise
mit dem Funkeln ihres Blickes vergehen.

Ralf Sartori

Ich will ...

Mutter, ich will.
Es geht nicht – sei still,
vielleicht morgen.

Vater, ach Vater, ich möchte so sehr.
Es geht nicht – nun mache das Herz mir nicht schwer,
wart' auf morgen.

Herr Lehrer, ich muß.
Es geht nicht und Schluß,
auch nicht morgen.

Verehrter Direktor, ich denke, ich meine.
Extratouren? – gibt es hier keine,
wo wär' man da morgen.

Ich meine, ich denke, ich möchte, ich will.
Sie sagen – es geht nicht,
so bleibe ich still

und halte beschämt alle Wünsche verborgen.
Seither quält mich die Frage,
war gestern schon morgen?

Angelika Genkin

Nebel

Nebel hängt über dem Teich.
Die Sonne im fahlen Licht.
Natur im samtenen Grau.
Beginn eines schönen Tages?

Aus der Erinnerung
Erwachen Bilder.
Inwendig zu begreifen.
Erahnen das Kommende.

Wandern im Nebel.
Parkstatuen treten hervor.
Aus dem Nebel blasse Mädchengesichter.
Ihr roter Mund weckt Leben.

Zwiespalt überwinden.
Stehenbleiben oder Aufbrechen?
Worten nachsinnen.
Stille aushalten.

Horst Jesse

Apollo-Tempel

Auf einer Landzunge im See,
Umgeben von Weiden,
Der Apollo-Tempel:
Geheimnisvoller Ort.

Lebensfreude am Morgen.
Spiel der Wellen, Vogelflug.
Am Himmel der Wolkenzug.
Abgeklärtheit am Abend.

Treffpunkt der Dichter.
Austausch der Gedanken.
Gespräche und Schweigen.
Sanfter Windhauch.

Zuhören der Natur.
Erwachende Gedanken.
Schöpferisches Gestalten.
Einklang von Person und Werk.

Horst Jesse

Wie Hände auf Papier

Scheint die Sonne
diamantenfunkelnd
auf den sanften See

Scheint die Sonne,
während wir Gedichte schreiben

Während wir Gedichte schreiben,
wachsen Blumen, summen Bienen,
backt die Mutter einen Kuchen,
scheint der Mond.

Während wir Gedichte schreiben,
bricht der Staudamm dort
in Sichuan.

Wieviele Blumen, Bienen,
Mütter –

Wieviele halbgeschriebene Gedichte dort.

Wieviele halbgeschriebene Gedichte dort
in Myanmar, in New Orleans,
in Lhasa, in –

Wer schreibt sie alle je zuende?

Scheint die Sonne dort

Scheint die Sonne dort

Geben wir dafür
wenigstens ein Wort.

Wolfgang Uhlig

Der kleine Mann

Das Haus: von überüblen Zeitgenossen
verboten bunt beschrieben und bekringelt,
von »Jesus lebt« bis »Ja, ich auch« umzingelt,
von Revoluzzerschmier ganz wüst durchflossen:

Das muß man doch zurück ins Leben malen!
mit dem bewährten anstandsguten Grau
für des normalen Menschen Weltenschau.
Die will verschont sein von den Jesusqualen.

D'rum auch gleich weg mit diesen wilden Leuten,
weg, weg mit allen, die das Haus bewohnen,
weil Renovierungen sich sonst nicht lohnen.

Das Haus: perfekt bewacht von schwarzen Hundemeuten.
Doch kaum ist's fertig für den Neuverkauf,
sitzt schon das Strichelmännchen wieder drauf.

Wolfgang Uhlig

Hommage an meinen Urgroßvater

Die alte Frau im Stuhl,
und draußen die Kartoffelfeuer.

Das Knistern im Ofen brennender Scheite,
heller Widerschein der Flammen,
der von lichter Morgenflut bald ausgelöscht.
Süßer Milchkaffee,
die behäbige Ruhe alter Leute,
ein Necken und ein Lachen.

Schließlich festlicher, das Osterfrühstück.
Immer wieder Umherschweifen in den Fluß-Auen
und am Bahndamm,
blühende Wiesengräben, hohes Gras.
Die Brennesseln im Pappelwäldchen,
von ruhigem Sensenschlag gemäht,
die unerschütterliche Langsamkeit
in den Bewegungen des alten Mannes,
der nie herausfällt aus dem Takte seines Seins.

Mittagsruhe am Waldrand,
die fleckige Hutkrempe über den Augen,
Insektensummen im tiefen Meer des Sommers,
und dann auch die Spiele der Kinder,
Katzen auf duftenden Getreidespeichern,
das einsame Wegkreuz weit draußen,
unter der alten Linde.

Champignons sammeln
auf herbstlich abgemähten Wiesen
oder in Maisfeldern.
Und die Bauersfrauen in bunten Schürzen,
mit ihren Kopftüchern.

Am Abend dann
das schwere Ticken einer Uhr,
das sich in dunkelnden Weiten
eines sich auflösenden Zimmers
bald verliert.
Nur hoch oben über dem Ofen
tanzt ein flammender Punkt
weiter in der Dunkelheit.

Ruhig keimende Kindheit,
und immer wieder,
auf abgeernteten Feldern,
der Duft der Kartoffelfeuer,
die es heute nicht mehr gibt.

Ralf Sartori

Abendliche Verwandlung

Dieser Abend öffnet sich
zu wäßrigen Fernen
dämmrigen Blaus
über klassizistischen Avenuen,
durch welche die zitternden Ketten
soeben entflammter Laternen
wie in Meerestiefen hinein verglitzern.

Plötzlich erheben sich
Klänge eines Adagios Vivaldis,
vollenden die Verwandlung:
Und der weiße Muschelkalk der Ludwigskirche
schimmert schwerelos, fast transparent,
wie blauende Abendwolken.

Ähnlich jener der Chiesa dei Grieci
in Venezia – im Lagunenlicht.

Ralf Sartori

Paare beim Sonntags-Spaziergang in Nymphenburg

Eure Gesichter, so gleich
wie die abgenutzten
Schonbezüge
eurer Autositze;
gemeinsam fahrt ihr,
ziellos,
durch Niemandsland,
nur weil euch das
noch erträglicher erscheint
als die Aussicht,
daß jeder mit sich alleine sei.

So nehmt ihr einander
wieder und wieder
als Geisel,
und als Pfand
für das eigene,
doch ungelebte Leben.

Der Wald trägt schwer an dieser Dumpfheit,
dem stockenden Atem dieses Nachmittags.
Der Park zieht sich zurück, in sich selbst.
Und mein Spaziergang gleicht ganz der Flucht
aufgeschreckter Rehe, im ausgeputzten Unterholz.

Wir alle lassen unsere Blätter hängen,
Auch die Sonne kommt dagegen nicht an.

Ein Fluch sind diese Sonntage
Und ich entfliehe.
Doch wohin?

Ralf Sartori

Schießt doch!

Ich bin ein Terrorist,
meine Herren.

Verzeihung,
meine Damen, meine Herren.
Die Zeiten
sind schließlich besser geworden.
Wir leben ja nicht mehr
anfangs des 20. Jahrhunderts,
so wie Orwell oder Huxley.

Ja, die Zeiten
sind viel besser heute;
ihr habt gelernt.
Und das Volk?
Ihr wiegt es – und es übt sich:
wieder im Vergessen!

Ich bin ein »Terrorist«;
ich kenne die Verfassung.
Ist doch Utopie, sagt ihr?
Ja, 'ist fast schon Utopie geworden –
so scheint's zumindest heute,
in diesem Land – und auf der Welt.

Im Westen kämpfen
die verbliebenen Mächte,
sich weiter zu behaupten.
Doch im Osten
brodeln schon die neuen und sehr alten.
Zum Glück habt ihr alle *eure* Terroristen:

Für die lustigen Schießbuden
auf dem Rummelplatz der Welt,
bärtig, folkloristisch, bunt.

Aber meine Herren,
Verzeihung ...,
eure wahren »Terroristen« fühlen sich
eher machtlos oft in ihrer Wut und Trauer.
Denn sie spielen nicht mit in eurem Spiel,
auch nicht, daß sie es wollten:

Sie tragen keine Waffen,
töten nicht.
Sie tragen aufrecht ihren Kopf
über dem Rückgrat,
tragen ihn aber nicht
zu eurem Markte – kennen Skrupel.

Vielleicht sind sie naiv,
und glauben wirklich noch
an Grundrecht und Verfassung.

Jedenfalls spielen sie
nicht mit in eurem Spiel.
Darum paßt auf!
So könnten
irgendwann sie noch
euch doch gefährlich werden!

Ralf Sartori

gene und spiele

auf den feldern
sah ich das korn groß
und rund wie apfelbacken
die tomaten
hingen kürbisdick vornüber
eine biene
von zwanzig zentimetern
zog mit lautem gesumm
über das reichgespritzte land
erbsen standen prall
in riesenschoten
und die kohlköpfe
haushoch
auf dem acker
der alten arbeitsbauern
eine vielzahl an
würmern hatte sich
in die früchte gefressen
riesenschwärme weißer maden
schwemmten
das land
und bei dem ersten sturm
fiel das korn um
faul
starb der mensch
im ferngesteuerten bett
riesenwürmer
tanzten um ihn
ein sterbeballett
sein herz
zu fett

Sabine Bergk

arme kleine champignons

arme kleine champignons
sprießen in die höh
sprießen in die höh
köpfchen hoch ins infrarot
watte untern po

*

mit leichten händen

mit leichten händen
geb ich dir
mein herz
hör wie es pocht
es ist ein kieselstein
dreimal springt es
in der folge
(– - –)
dann
( )
versinkt es

Sabine Bergk

lamento für luft und auen

wenn die lüfte sich in dunkel hüllen
geht ein klagelaut aus ihnen vor
schwarze schwäne schlagen mit den schnäbeln
an das alte ginsterbeckentor
auen schreien kehlig
wie aus kübeln
gräber schlagen sich mit marschfeldwebeln
und auf alten tanklastkähnen
in containern
zählt man schreiend halbgeköpfte hähne.

wenn die lüfte sich in dunkel hüllen
geht ein klagelaut aus ihnen vor
an den brücken biegt der spleen die schwarzen zähne
und im hof begatten hunde füllen.

beim erschallen einer pestposaune
löst der spuk sich schnell in verse auf
und ganz nach des dichters übler laune
geht die schwarze sau die trepp hinauf
unter eulen legt sich grunzend schlafen
der nicht dichtung und nicht wahrheit schuf
einmal gähnt der schlechtgelaunte page
und kratzt sich den abgehörnten huf.

in den träumen aber regt sich leise
was vom dunklen tag verblieb
aufgerissen ist das hirn des weisen.
ideal und trieb.

Sabine Bergk

sturzbachgleich

sturzbachgleich
fallen mir worte
in deinen schlund
küss sie nicht weg
unter geh

*

nicht wieder

nicht wieder
trag dein stimm
in mein gebrochnes wasser
geh
zu den biegsamen flüssen
den schaumigen
friß dich satt
an der gischt
stoß auch sie gerade
bis ihr flußbett bricht
und säume nicht
mich zu vergessen

Sabine Bergk

marienkäfer

die tränen fielen vornüber.
nicht ein wort von dir,
wochenlang.
bitter
die luft
dem wartenden,
puls ausgedünnt.

ein marienkäfer,
klein und von glück durchzogen,
flog
weit über die tischkante;
zähl die punkte,
zähl,
zähl die tage.
und nach monaten
sind es jahre.

*

geschontes glück

geschontes glück
das ist ein schaum
der nicht zergeht
sag mir
wie schmeckt ein schaum
der zwanzig jahre
steht

Sabine Bergk

das schmutzige schiff

ein schiff
nur hat dreck
geladen
bis an das steuer liegt kot
das segel zerfressen von maden
die mannschaft schon lange tot
es zieht die verliebten (alle!)
auf das schmutzige schiff ohne grund
die liebe
(ich sag es den kindern)
ist übel und ungesund

Sabine Bergk

am kanal

am kanal
zwischen alten enten
schwimmt ein schwan
das kind staunt
seiner weißen adelspracht
der mann des langen halses
nur die lilie
weiß von seinem häßlichen schnabel

Sabine Bergk

Dachau
im
»Nymphenspiegel«

Die Altstadt von Dachau rund um das Wittelsbacherschloß

Ich sehe meine Vorfahren durch den alten Markt gehen, bedächtig, beladen. Zu ihren Zeiten fuhr man nicht in die Stadt, um zu flanieren. Man entschloß sich dazu, weil man zu tun hatte. Weil an der Schranne ein Geschäft abzuschließen war, oder beim Notar ein Vertrag. Weil ein Gebrechen den Doktor erforderte, oder vor Gericht eine leidige Angelegenheit zu klären war. Das Schloß und seinen verwilderten Garten nahm man nur von ferne wahr, eher trank man einen Kaffee im Café Brüller oder eine Halbe Bier im Unterbräu, wo die Bauern des Hinterlandes mit Vorliebe ihre Gäuwagerl und Chaisen stehen ließen. Noch meine Großmutter fuhr hierher mit dem Pferdewagen zum Einkaufen und ließ sich von den Knechten des Unterbräus die Gäule abspannen. Noch mein Großvater empfing jeden Morgen den Barbier, der ihn sorgfältig rasierte und ihn mit Zeitung und dem neuesten Dorftratsch versorgte. Wo sind diese Zeiten geblieben? Wie rasant ist die Entwicklung über uns hinweggerollt? Diese Fragen stelle ich mir, wenn ich am Morgen durch die leeren Gassen der Altstadt gehe.

Dachau ist eine spröde Geliebte. Dem aus München Kommenden zeigt sie zunächst eine abweisende, kühle Schulter. Sie umgibt ihre Schönheit mit einem Geflecht aus Gewerbegebieten, gesichtslosen Einheitssiedlungen, Hochspannungsleitungen und Umgehungsstraßen. Vom berühmten Dachauer Moos, das um die Jahrhundertwende eine ganze Künstlerkolonie hier entstehen ließ, kann der Besucher aus der Großstadt bestenfalls ahnen. Noch in der Münchner Straße des Unteren Marktes fühlt er sich eher inmitten einer verschlafenen City des amerikanischen Mittelwestens als in einer alten, oberbayerischen Residenzstadt der Wittelsbacher. Dachau ist eine spröde Geliebte. Der Nebel der Amperauen liegt im Herbst oft wochenlang über der Stadt, hüllt sie in eisgraue Kälte, tropft von den Bäumen und macht die Menschen wortkarg und verschlossen. Dann stehen die Straßencafés leer und in den nassen Pflastersteinen der Altstadt spiegeln sich nur die Scheinwerfer der Autos. Die Besucher der KZ-Gedenkstätte schlagen ihre Mantelkrägen hoch und spüren vielleicht für wenige Momente ein selten authentisches Gefühl der Verlassenheit und Leere.

Dachau ist eine spröde Geliebte. Und doch ist sie eine Geliebte. Kann man hier überhaupt wohnen, fragen mich ausländische Freunde. Kann man an einem Ort wohnen, dessen Name wohl für immer mit der Aura des Grauens verbunden sein wird? Kann eine solche Stadt Geliebte sein? Oder Mutter? Die behäbigen Bürgerhäuser entlang des Altstadtberges, die stillen Ecken und Winkel, sie erzählen ihre Geschichten. Heitere und traurige. Das ehemalige Geschäftshaus des Schneidermeisters Max Rauffer zum Beispiel, in dem der als Advokat nicht überaus erfolgreiche Ludwig Thoma genügend Zeit fand, seine ersten schriftstellerischen Gehversuche zu wagen. Überhaupt sollen es die Schriftsteller und Dichter sein, die uns auf diesem Weg durch das Dachauer Land begleiten. Sie, ob hier ansässig oder nur auf Durchreise, haben es immer wieder neu unternommen, Facetten eines Landstriches zu beschreiben, der fernab vom Fremdenverkehr des Oberlandes eine herbe, eigenständige Schönheit entwickelte.

»An einem Augustabend (1894) fuhr ich mit einem Freund nach Dachau. Wie wir den Berg hinaufkamen und der Marktplatz mit den Giebelhäusern recht feierabendlich vor mir lag, überkam mich eine starke Sehnsucht, in dieser Stille zu leben. Ich besann mich nicht lange, folgte dem plötzlichen Einfalle, und ich hatte es nicht zu bereuen.«

(Thoma, Erinnerungen, München 1924)

Die spätere Thomaforschung hat darauf hingewiesen, daß dieser romantische Beginn, den Thoma in seinen »Erinnerungen« schildert, kaum der Wirklichkeit entsprach. Von einem »plötzlichen Einfalle« jedenfalls kann keine Rede sein. Thoma schwankte lange zwischen einer Kanzlei in Erding oder Dachau. Er entschied sich dann aber für die Amperstadt, weil er sich hier bessere Verdienstmöglichkeiten ausrechnete. Weil hier noch kein »Ferkelstecher« ansässig war, wie sich Thoma auszudrücken pflegte. Trotzdem läßt man in Dachau keine Gelegenheit verstreichen, die Zeilen vom stillen Augustabend zu zitieren. Und in einem Brief an seine langjährige Geliebte Maidi von Liebermann legt Thoma 1920 noch eines drauf und schenkt der dankbaren Amperstadt weiteren Seelenbalsam. »Wenn ich zurückdenk', am schönsten war es doch in Dachau!« – so sinnierte er auf der Tuften gedankenverloren vor sich hin.

Die Stadtpfarrkirche St. Jakob, zweifellos eine der Schönheiten Dachaus. Vom Haus des Schneidermeisters Rauffers aus sah Thoma tagtäglich auf das ehrwürdige Gotteshaus und hörte das Schlagen und Läuten ihrer Glocken. Gottesdienste besuchte er nach eigenen Angaben eher selten. Nur mehr der quadratische Unterbau des prägnanten Glockenturmes und eine kleine, steinerne Wendeltreppe, »Schnecke« genannt, erinnern noch an den spätgotischen Vorläufer, der 1624 dem heutigen Renaissancebau weichen mußte. St. Jakobus, dem spanischen Nationalheiligen und Patron aller Pilger geweiht, ist die dreischiffige Hallenkirche nach den Plänen des Weilheimer Bildhauers und Architekten Hans Krumpper entstanden, der unter anderem auch das bronzene Standbild der »Patrona Boiariae« an der Münchner Residenz geschaffen hat.

Damit ist schon die dynastische Verbindung Dachaus zu den Wittelsbachern angesprochen. Wer heute von den Sommerresidenzen der Wittelsbacher spricht, meint in der Regel die vielbesuchten Schlösser Nymphenburg und Schleißheim, vielleicht gar die anachronistischen Phantasiebauten Ludwigs II. Das war nicht immer so. Bis weit in das 17. Jahrhundert hinein galt die vierflügelige, burgähnliche Anlage zu Dachau als bevorzugter Rückzugsort der Mitglieder des bayerischen Herzogshauses. Auf exponierter Lage mit herrlichem Fernblick über das gesamte Alpenvorland gelegen, beherbergte der aus dem 16. Jahrhundert stammende Renaissancebau in seinen über hundert Zimmern Maitressen, adelige Festgesellschaften und Jagdfreunde aus ganz Europa. Mehrere tausend Ölgemälde dokumentierten dem staunenden Publikum die langen Ahnenreihen der Wittelsbacher. August Kübler schreibt in seiner Stadtgeschichte von 1928 (Kübler, Dachau in verflossenen Jahrhunderten, Dachau 1924):

»Dort, wo beim Wehr die Amper eine scharfe Biegung nach Osten macht, liegt am Rand der Ebene wie hingezaubert ein Stück Gebirgslandschaft, der Kalkberg. 1596 noch hieß er der Fuxberg. Dieses kleine Paradies erstreckt sich wohl vor 1100 Jahren als herrliches Jagdrevier über die Höhe des Dachauer Hügels hin bis mindestens zum Karlsberg. Dieses Gehölz mag damals schon eine Art Fliehburg in sich geborgen haben ... . Das Schloß, dessen Flügel fast ein Quadrat bildeten, war Ende des 16. Jahrhunderts an den vier Ecken mit vor 1700 verschwundenen, in Kuppeln auslaufenden Türmchen geschmückt, welche den Dachfirst wenig überragten. Die Flügel schlossen einen geräumigen Hof ein ... . Es sollen darin 108 bewohnbare Zimmer mit insgesamt 350 oder 363 Fenstern gewesen sein ... . Zum Verkehr zwischen den Lustschlössern Dachau und Schleißheim diente der noch vorhandene, zwölf Kilometer lange, schnurgerade dahinlaufende Kanal, den das Hofbauamt unter Ferdinand Maria um 1687 durch gefangene Türken graben ließ, und auf dem ›die hohen Herrschaften‹ gerne in Gondeln spazieren fuhren.«

Mit zunehmender Repräsentationsfreude und Großmannssucht des bayerischen Herrscherhauses begann der Glanz der Amperresidenz zu schwinden. Da half auch nicht, daß Max Emanuel die Anlage zwischen 1715 und 1717 von dem gebürtigen Dachauer Hofbaumeister Joseph Effner nach französischen Vorbildern barockisieren ließ, daß nun plötzlich Treppenvestibüle und Terrassenplätze, verspielte Ornamente, Rocaillien und Gesimse das bisher streng geometrisch gegliederte Bauwerk auf den gegenwärtigen Stand feudalen Zeitgeschmacks bringen sollte. Nein, die neue Kurfürstenwürde forderte den Bruch mit der biederen Vergangenheit der Ahnen, forderte auch in bayerischer Umgebung die Anlehnung an das große Vorbild Versailles, wo der eitle Sonnenkönig über das architektonische Epigonentum in ganz Europa nur lächeln mochte. Das alles konnte Dachau nicht leisten, dazu war die alte Anlage zu schlicht, zu wehrhaft, zu nüchtern. In rasender Eile wurden dagegen die Mauern von Nymphenburg und Schleißheim hochgezogen, die Staatskasse war längst ruiniert, während das Volk seit den Tagen des Spanischen Erbfolgekrieges ausgeblutet und elend dahinlebte. Kaum mehr nutzten Mitglieder des kurfürstlichen Hauses ihr Besitztum in Dachau, immer seltener konnte man goldbeschlagene Kutschen und Kaleschen den steilen Schloßberg hinaufziehen sehen. Das 19. Jahrhundert schließlich sollte den Tiefstand in der Geschichte der ehemals so stolzen Herzogsresidenz bringen. Französische Truppen hatten im Gefolge der Napoleonischen Kriege auch den Markt an der Amper besetzt und die weitgehend leerstehenden Räume des Schlosses kurzerhand zu Lazarettsälen, Viehställen und Waffenkammern umfunktioniert. Daß sie – trotz der Wetterfahnenpolitik der Wittelsbacher, die Bayern eine im Grunde anachronistische Königswürde einbringen sollte – mit dem restlichen Inventar des Landsitzes nicht zimperlich umgingen, liegt auf der Hand. Kurzum – nach Abzug der Truppen war das Schloß Dachau weitgehend ruiniert, an einen Wiederaufbau bei dem erbärmlichen Stand der Staatsfinanzen nicht zu denken, und so kam es, wie es kommen mußte: König Max I. Joseph erteilte 1806 die Order zum Abriß von drei der vier Gebäudeflügel. Monatelang zogen daraufhin die Ochsenkarren den Berg hinauf, um aus dem Abbruchmaterial Steine für die daraus entstehenden Mooskolonien Augustenfeld und Karlsfeld abzutransportieren. Lediglich der Saaltrakt mit der hölzernen Renaissancedecke sollte erhalten bleiben, aber auch dies unter ganz und gar unhöfischen Bedingungen: Das ganze 19. Jahrhundert hindurch wurde dieser Trakt vom Markt Dachau als Getreidespeicher und Viehstall genutzt! Heute spiegelt der Saal wenigstens einen Hauch der einst prachtvollen Vergangenheit wider, seit er sorgfältig restauriert worden und zusammen mit den anliegenden Gartenanlagen – 1716 wurde der barocke Hofgarten,

1790 dann der Englische Garten angelegt – zu einem Anziehungspunkt der Dachauer Altstadt geworden ist. Der Kunsthistoriker Wilhelm von Hausenstein schrieb 1935 anläßlich eines Besuches in der Amperstadt (Hausenstein, Besinnliche Wanderfahrten, München 1935):

»Dachau selbst mag zu den schönsten oberbayerischen Städten gerechnet werden: der geschweifte Anstieg der Straße von Osten nach Westen hinauf; die hochgelegene Kirche inmitten alter Häuser; der Zusammenlauf der Zugänge auf dem Platz, dreifach heraufmündend und dreifach wieder zu Tale leitend!«

»Besinnliche Wanderfahrten« hat Hausenstein seine Wege durch das Dachauer Land genannt, und tatsächlich kann man schnell zu sich finden, wenn man sich auf diese Stadt und auf diesen Landstrich einläßt. Die Kirchen und Kapellen sind fast immer leer, die Landschaft anregend, aber unaufgeregt, die Wolkenstimmungen lassen auch die Gedanken ziehen. Hausenstein war einer der vielen, die das so erlebten. Er war auch einer der vielen, die kamen und gingen. Thoma, Doderer, Toller, Hölzel, Taschner, Generationen zuvor Abraham á Santa Clara, Fischer, Westenrieder und Dieffenbrunner – sie alle hinterließen ihre Spuren in Dachau, aber sie waren keine Dachauer! Die Stadt an der Amper, ist sie eventuell nicht nur eine spröde, sondern auch eine unfruchtbare Geliebte? Zieht sie zwar die großen Namen an, schenkt aber nur wenigen von ihnen das Leben? Nur einige Ausnahmen scheinen diese Regel zu bestätigen. Joseph Effner ist zu nennen, Dachauer Gärtnerssohn und kurfürstlicher Hofbaumeister oder später der Theologe und Pädagoge Prof. Dr. Joseph Göttler, Gründer der Münchner Schule der Pädagogik. Auch das Hinterland kann die Statistik nicht schönen! Freilich wird Altomünster einen Professor Alois Dempf und Eisenhofen einen Weihbischof Johannes Neuhäusler für sich reklamieren, doch so richtig im breiten Bewußtsein der Öffentlichkeit ist nur der bei Unterweikertshofen geborene Raubmörder Mathias Kneissl geblieben! Da dieser aber meines Wissens wenig Literarisches hinterlassen hat, möge das Schlußwort dieses Kapitels einem »Zuagroasten« zugestanden sein, dem späteren Bundespräsidenten Theodor Heuss. Er hatte sich für einige Monate im Dachauer Schloß einquartiert und in sein Reisetagebuch notiert (Heuss, Vorspiele des Lebens. Jugenderinnerungen, Tübingen 1953):

»Den Abschied von der Jugend habe ich, wie mir heute noch scheint, auf eine gute Weise vollzogen. Einer der Ausflüge von München hatte nach Dachau geführt. Dort nahm ich bei dem Kastellan des Schlosses, der zugleich dem

nahegelegenen Amtsgerichtsgefängnis als Wärter diente, eine Stube mit dem Blick auf den Schloßgarten. Die Miete kostete 15 Mark ... . Im Schloßsaal fanden bei Mund- und Ziehharmonika Tanzabende statt von einer empfindsamen Grandezza, wie solche nur in mittleren Romanen vorkommen. Sie waren gar nicht krachledern-oberbayerisch, die Beamtentöchter sogar leicht angestädtert ...«

Norbert Göttler

Künstlerkolonie Dachau

Die Künstlerkolonie Dachau ist Ausdruck einer neuen Sichtweise in der Malerei, die – ausgehend von Barbizon bei Paris – ab etwa 1890 die europäische Kunstwelt prägt: Die Freilichtmalerei, auch Plein-air-Malerei genannt, läßt Scharen von Künstlern und Kunststudenten in die Umgebung der großen Akademiestädte strömen, immer auf der Suche nach landschaftlichen Sonderheiten: das Teufelsmoor bei Worpswede etwa, die Insellage Rügens oder das Voralpenland um Frauenchiemsee. Auch die einsame Landschaft des Dachauer Mooses, ein Niedermoorgebiet nördlich von München, das sich von Fürstenfeldbruck bis weit in das Freisinger Land hinein die Amper entlangzieht, beginnt die Künstler zu inspirieren. Neben Worpswede im Teufelsmoor bei Bremen soll die Dachauer Künstlerkolonie um die Jahrhundertwende zur bedeutendsten in Deutschland avancieren.

Einer der ersten Künstler, der die Landschaft zwischen Amper und Würm im Norden Münchens entdeckt, ist der königlich-bayerische Galeriedirektor und spätere Professor für Landschaftsmalerei an der Münchner Akademie, Johann Georg Dillis, der bereits 1834 Dachauer Landschaften aquarelliert. Ihm folgen Eduard Schleich, Dietrich Langko und Carl Spitzweg. Der zu dieser Zeit noch wenig bekannte Spitzweg, der mit Vorliebe das kleinbürgerlich-behäbige Leben alter Märkte und Städte schildert, hat in Dachau viele Anregungen für seine Arbeit erhalten. Etwa um 1870 lebt nur wenige Kilometer südwestlich von Dachau, in dem Amperort Graßlfing, zurückgezogen und weltabgeschieden, einer der eigenwilligsten und bedeutendsten Künstler seiner Zeit: der Piloty-Schüler Wilhelm Leibl.

Sind es in den Jahren zwischen 1840 und 1880 in erster Linie Landschafter gewesen, die der stimmungsvollen Motive wegen immer wieder das Dachauer Land besuchen, so ändert sich das in den achtziger Jahren. Nicht mehr ausschließlich Maler finden sich nun in der immer größer werdenden Schar von Künstlern, sondern auch Holzschneider, Bildhauer, Grafiker und Porträtmaler. Und das wesentliche – die ersten Künstler werden in Dachau seßhaft, die Kolonie entsteht. Einige Dutzend Atelierhäuser und Künstlervillen zeugen heute noch von dieser Phase. Eine eigenständige, einheitliche Kunstform, sozusagen eine »Dachauer Schule« hat es dennoch nicht gegeben, zu prägend war die inhaltliche Nähe zur »Münchner Schule«.

Nach langer Aufbauphase hebt um 1890 die Glanzzeit der Künstlerkolonie Dachau an. Zu den herausragenden Namen zählen Heinrich von Zügel, Robert von Haug, Bernhard Buttersack und Otto Strützel, ebenso wie Lovis Corinth, Leopold von Kalckreuth, Eugen Kirchner, Max Liebermann, Ludwig von Herterich, Max Slevogt, Ignatius Taschner und Fritz von Uhde. Auch in umliegenden Orten wie Etzenhausen oder Haimhausen entstehen kleine Kolonien, außerdem folgen Schriftsteller ihren Malerfreunden nach (Ludwig Thoma, Heimito von Doderer, Theodor Heuss u.a.). Im Jahr 1890 schließlich kommt Adolf Hölzel nach Dachau und bildet zusammen mit seinen Freunden Ludwig Dill und Arthur Langhammer den Künstlerkreis »Neu-Dachau«. Mit dem Schaffen Hölzels deuteten sich Höhepunkt und Ende der großen Zeit der Landschaftsimpressionisten in Dachau an. In Theorie und Praxis nach neuen Ausdrucksformen suchend, geht er erste, vorsichtige Schritte in Richtung eines abstrahierenden Expressionismus – mehrere Jahre vor Wassilij Kandinsky und Paul Klee.

(Anmerkung des Hrsg.: Freundlicherweise stellte mir Dr. Norbert Göttler diese Texte zum Abdruck im »Apollo-Forum« zur Verfügung. Publiziert wurden sie zuvor bereits in seinem Band »Dachauer Impressionen. Literaten entdecken das Dachauer Land« (Bayerland, Dachau 2003). Den nun folgenden Text schrieb er jedoch eigens für den »Nymphenspiegel«. Er erscheint hier als Überleitung zu dessen Veranstaltungen in Dachau.)

Künstlerfeste in Dachau

Einzelgänger und Sonderlinge gab es auch unter den Mitgliedern der Künstlerkolonie Dachau, aber im großen und ganzen waren die Maler und Malweiber, die Bildhauer und Kaffeehausliteraten gesellig, ausgelassen und trinkfest. Mit viel Phantasie wurden Künstlerfeste und Faschingsgesellschaften, inszenierte Bauernhochzeiten, Kirchweihfeiern und Landpartien veranstaltet. Nur zu größeren Anlässen zog man in's herzogliche Schloß, intimer ging es zu beim »Kochwirt«, beim »Fischerwirt« am Bahnhof, in den einfachen Schenken draußen im Moos oder beim »Burgmeier« in Etzenhausen mit seinem lauschigen Biergarten, der vielfach als Malermotiv herhalten mußte. Überhaupt war's mit der Bezahlung so eine Sache. Viele der Kreativen waren finanziell dauerhaft klamm, aber die Wirte ließen anschreiben und gaben sich auch mal mit »künstlerischen Produkten« zufrieden. So manches wertvolle Gemälde hat auf diese Weise den Besitzer gewechselt. Die Gemäldegalerie Dachau bewahrt heute noch ein Skizzenbuch aus dem Nachlaß des »Fischerwirtes«, in dem bedeutende und unbedeutende Künstler der Jahrhundertwende feine Zeichnungen und Aquarelle hinterlassen und damit wohl ihre Essensrechnungen beglichen haben.

Norbert Göttler

Künstlerfeste im Schloß, mit Blick in den Garten ▶

Kunst und Kultur heute –
Feste und andere Ereignisse im »Nymphenspiegel«,
seine Künstler, Partner und Gastgeber

Der grauen kühlen Welt entrückt – eine Renaissance

Die Aussicht von der Terrasse des Restaurants, oder von drinnen, durch dessen französische Bogenfenster, die klassisch unterteilt sind und bis zum Boden reichen, über den etwas tiefer gelegenen Schloßgarten, und, läßt man den Blick hangabwärts schweifen, auf das weite, ferner liegende Umland, bietet sich in der Tat wie jener in ein Renaissancegemälde dar.

Der Garten auf dem Hügel mit seiner ausgedehnten Obstbaumwiese und dem schlichten Brunnen in der Mitte, der alten tunnelartig geschlossenen, seit Jahrhunderten dahingehend geformten Lindenallee, deren knorrige Äste zur laublosen Zeit ihre Scherenschnitte labyrinthisch über den Weg werfen, ruht eingebettet wie eine Intarsie in dem oft etwas von Dunst verhülltem flachen Land darunter.

Doch gehen wir von dem »Renaissance-Bild« einmal einen Schritt weiter zum »Bild einer tatsächlichen Renaissance«: Worin könnte diese denn bestehen in Verbindung mit jenem überragenden Ort? So wie es sich uns gleich beim ersten Besuch dargestellt hatte, stand ihm diese Möglichkeit förmlich »eingeschrieben«, in seiner atemberaubenden Poesie und Schönheit. Doch einlösen und ins Leben bringen ließ sie sich nur, und das verdient hier unbedingt Erwähnung, mit dem guten »Geist«, der dort waltet, wie sich unverzüglich zeigte, nachdem wir mit der Leitung des Restaurants wegen Veranstaltungsmöglichkeiten ins Gespräch gekommen waren. Schnell und mit einer sagenhaft unkomplizierten Leichtigkeit eröffneten sich uns dabei, zwischen Hauptgang und Dessert, ungeahnte Möglichkeiten, künftig im Schloßrestaurant innerhalb des nymphenspiegel'schen Kulturprogramms wundervolle festliche und künstlerische Ereignisse jenseits gängiger kommerziell-kalkulierter »Events« (welch ein Un-Wort außerdem!) zu kreieren. Und zwar durch die herzliche Aufgeschlossenheit der Familie Zielke, dessen Pächtern, die sich der besonderen Qualität des Ortes fraglos bewußt sind, wie Gestaltung und Führung des Restaurants unschwer erkennen lassen sowie der liebevolle und kreative Umgang mit diesem Gesamtkunstwerk. Darin genießt, vor allem anderen, die Kultur, auch die der menschlichen Begegnung, einen hohen Stellenwert – wie unsere Gespräche schnell enthüllten, was wiederum auch eine wesentliche Parallele zur Haltung beim »Nymphenspiegel« darstellt – und dadurch gleich eine spontane Nähe zwischen uns entstehen ließ.

Und wäre es nicht schon mehr als genug an »Nahrung«, sich in diesem Ausblick von dort oben zu verlieren, an seine weiten Räume, die nahen und die entlegeneren, mit ihren Landschaften, der Silhouette Münchens in der Ferne und dem weiten Himmel darüber, bis an den gezackten Rand der Alpen heran, verdient hier auch noch etwas anderes unbedingt Erwähnung: nämlich die ausgezeichnete und phantasievolle Küche, die hier zu erstaunlich normalen Preisen angeboten wird, welche das Gesamterlebnis in genußvoller Weise krönt. Wegen alledem zusammen, meine enthusiastische Empfehlung des

Café-Restaurants Schloß Dachau
Schloßstr.2, 85221 Dachau,
Tel: 08131/45 43 660
www.cafe-restaurant-schloss-dachau.de

Dort schälten sich bei den ersten Treffen zwischen den Gängen der Menue-Folge, über den »Bogen« einiger Stunden hinweg, an dem die Zeit nur so abglitt, nach und nach die folgenden beiden Ideen heraus, die dem »Nymphenspiegel« mit leichter Hand ab 2008 auch ein Dachauer Zuhause bescherten, eines, das er in dieser Art noch nie hatte – und seinen Veranstaltungsfächer um zwei Angebote dort erweiterten.

Und diesem Ort, in seiner damit verbundenen kulturellen Neubelebung, sowie der Tradition der Dachauer Künstlerfeste, beides miteinander verknüpft, brachte diese gastfreundliche Aufnahme des »Nymphenspiegel-Kulturprojekts« somit gleich eine zweifache »Renaissance«.

Dessen neue Veranstaltungen im Dachauer Schloß sind nun:

Die Offene Vollmond-Tafel der Poesie

An warmen Nachmittagen und Abenden lädt dieser neue »Offene Salon«, zu dem ebenfalls wieder alle erscheinen können, die interessiert sind, in einen abgeteilten Bereich der Schloßterrasse ein. Sollte das Wetter aber ungeeignet sein, draußen zu sitzen, stehen uns auch Räume im zweiten Stock des Schlosses dafür zur Verfügung, die unwirklich schön sind, mit Blick durch alte unterteilte Fensterscheiben, hinunter in den Park.

Und auch dort können wir den Service des Restaurants in Anspruch nehmen – um die Poesie während des Salons durch die höchst sinnlichen Anregungen von gutem Wein und feinen Speisen, die wir gemeinsam genießen, noch zusätzlich zu nähren. Die aktuellen Termine zu beiden Veranstaltungsarten können Sie immer über meine Homepage oder bei mir direkt erfahren. Und als zweite Neuerung veranstaltet der »Nymphenspiegel« hier künftig auch:

◀ Die »Offene Vollmond-Tafel der Poesie« im Schloß

Die Offenen Künstlerfeste im Schloß Dachau

Bei den »Nymphenspiegel«-Künstlerfesten ist es mir unter anderem ein großes Anliegen, die für unsere Gesellschaft so typischen Nischenbildungen zu überwinden und gemeinsam zu feiern, mit den unterschiedlichsten Menschen aller Generationen. Bei diesen Festen werden jedesmal verschiedene Künstler auftreten und ein Podium erhalten. Immer wird es dabei auch ein ganz besonderes und ausgewähltes Orchester geben, das für eine Musik sorgt, die zu hören – und auf die zu tanzen, ein Gewinn ist, und unvergeßlich bleibt. Mein Wort darauf!

Bei der Premiere am 10. Oktober steht die osteuropäische Musik, mit Schwerpunkt auf jener der »Roma«, im Mittelpunkt. Damit werden wir das Schloß mitsamt den Gästen »anzünden«, bis in die Morgenstunden hinein.

Beim zweiten Fest, Ende Januar 2009, wird es dann Argentinien sein als Land, mit drei seiner bedeutendsten Dichter, und zwar in Form eines szenisch-konzertanten Programms: Diese Dichter sind Jorge Luiz Borges, Enrique Santos Discepolo und Horacio Ferrer, letzterer bevorzugt von Astor Piazzolla, der viele seiner Balladen vertonte. Der Sänger der Gruppe, Jaime Liemann, ein Kenner dieser Kultur, wird für Band V des »Nymphenspiegels« diese Dichter, ihre Werke und deren Epochen, in einem Beitrag einander gegenüberstellen.

Bei all diesen Künstlerfesten liegt es mir auch sehr am Herzen, den Tanz wieder aus den Ghettos stereotyper und oft steriler Studios herauszuholen, ihn von den Korsetten des »Standard-Tanzes« zu befreien sowie ihn zurückzuführen zu seiner jeweiligen kulturellen Herkunft – und ihn darüber hinaus in die Cafés und schönen Säle der Stadt zurückzubringen, wo man sich mit Freunden trifft, gut ißt und trinkt und, wie selbstverständlich, vielleicht auch tanzt, wenn es sich ergibt, wo der Tanz als natürlicher Bestandteil in die Feste integriert ist. Gerade hierbei dient mir die lateinamerikanische Kultur immer wieder als wichtigstes Vorbild. Sie leistet »Wahre Entwicklungshilfe« in unserem Land. Und auch die Literatur soll auf solchen Festen stets ihren Platz erhalten, so daß ebenso ein wenig gelesen wird und einige neue

Dichter(innen) und Autor(inn)en des »Nymphenspiegels« vorgestellt werden. Am 10. Oktober wird allerdings die Bühne, zu besonderem Anlaß, allein der Dichterin Angelika Maria Eisenmann gehören.

Als weiteres regelmäßig wiederkehrendes Ereignis, das sich am 16. Mai allerdings schon zum zweiten Mal jährte, möchte ich an dieser Stelle noch die Aufmerksamkeit auf folgende Veranstaltung und den mit ihr verbundenen Bereich des Kulturprojekts lenken:

Die Neu-Einweihung des »Nymphenspiegel-Bücherbaums«
im Botanischen Garten in München, 2008

Worum es beim »Bücherbaum« und der damit verbundenen Kultur-Partnerschaft zwischen dem Botanischen Garten und dem »Nymphenspiegel« geht, wird bereits ausführlich in den Bänden II und III des Jahrbuchs beschrieben. In diesem Zusammenhang möchte ich hier darüber nur noch kurz, vor allem aber im Hinblick auf die hervorragenden Musiker, sprechen, die dort mit ihrem Spiel die Lesungen und Präsentationen von Teilen des Kulturprojekts während der Vernissage umrahmten. Anlaß dafür war, besagte Kooperation 2008 wieder aufzufrischen und mit Leben zu füllen. Bei der Neu-Errichtung des Bücherbaums im Botanischen Garten fiel die Wahl auch diesmal wieder auf einen Apfelbaum, der sich jedoch an anderer Stelle befindet: und zwar am westlichen Rand der Südterrasse des dortigen Cafés, etwa 30 Meter davon entfernt – als Hinweis für alle, die ihn sich gerne ansehen möchten.

Die musikalischen Impressionen stammten diesmal von Winny Matthias, der hier zum ersten Mal gemeinsam mit seiner Frau, der Querflötistin Ditta Singer, auftrat.

Winny Matthias ist der bekannte Zigeuner-Geiger aus »The Bridge Esemble«, den viele aus dem Münchner Hofgarten kennen, wo er häufig in den Sommermonaten mit dieser Gruppe als Straßenmusiker spielt. Er unterrichtet auch Violine und Improvisation und ist seit dem Kindesalter mit Zigeunermusik vertraut. Autodidaktisch erlernte er Geige und Gitarre, sammelte zunächst Erfahrungen in der Rockmusik. Reisen sowie das Kennenlernen orientalischer Musik führten zurück zur Zigeunermusik, dann zu Blues und Jazz. 1980 gründete er seine eigene Formation »Gadzho«, mit der er zwölf Jahre durch Mitteleuropa tourte und Platten einspielte.

◀ Winny Matthias und Ditta Singer spielen bei der Einweihung des neuen »Nymphenspiegel-Bücherbaumes, im Mai 2008

Nebenher arbeitet er immer auch interdisziplinär mit bildenden und Videokünstlern. Und er wird sicher auch noch öfter auf »Nymphenspiegel«-Veranstaltungen zu hören sein. Diesen Ausnahme-Künstler, den ich überaus schätze, möchte ich hier ganz besonders empfehlen. Er kann jederzeit für Auftritte gebucht werden, unter:

Winny Matthias
Auenstr. 8, 80469 München,
Tel: 089/202 14 28

In Band V des »Nymphenspiegels« wird es im Zuge erwähnter Kulturpartnerschaft auch wieder eigene Beiträge zu Themen des Botanischen Gartens in München geben, von internen – und kundigen Autoren, literarische wie fachliche.

Der neue »Bücherbaum«, 30 Meter westlich von der Süd-Terrasse des Cafés im Botanischen Garten ▶

Der Tod des Gartens

Stets bleibt ein Garten ein geheimnisvoller Raum,
desto mehr, je älter er ist,
weder in der Tiefe seiner möglichen Erfahrbarkeit,
noch begrifflich, auch nur annähernd auslotbar.
Was ein Garten ist, läßt sich bei weitem
nicht abschließend beantworten.
Zu groß – dieses Bild, als daß der Mensch es
zur Gänze umfassen oder in sich aufnehmen könnte.
Müßte er dazu nicht außerdem vollständig Besitz
seiner ganzen Seele sein,
über ihr Bewußtsein selbst verfügen?

Was haben wir nur getan,
als wir die Göttliche Idee des Gartens gegen
den frostigen, banalen und technokratischen Begriff
der Grünanlage eintauschten?
Wie zweidimensional und leicht zu definieren,
wie geheimnisentleert und seelenlos
poltert diese Hülse daher? Wie beherrschbar
und simpel zu reproduzieren ist ein solches Ding!
Standard und Norm: Nicht nur der Tod der Gärten –
auch der Seele.

Ralf Sartori

Ideen-Fluß und -Entwicklung

Einige vorläufige Schlußgedanken und ein neues Projekt ...

Dem Anfang noch nahe, irgendwo und irgendwann während der Kindheit, begann der Nymphenburger Schloßpark mit seinem wild freien (die Verwaltung würde heute sagen, über lange Zeit hinweg vernachlässigten ...) Wesen, in meine inneren Gärten hineinzuwachsen, mit ihnen, aufgrund einer tief verwandtschaftlichen Nähe, schließlich eine nahtlose Verbindung einzugehen.

Das weiß ich heute, wenn ich im langsamen Ablösungsprozeß von diesem Park wieder einmal innehalte und meinen Blick zurückwende. Wie sehr half er doch dabei mit, mich selbst zu entdecken!

Einer der Gründe für den nun ebenfalls wieder schrittweisen, langjährigen und mäandernd fließenden Trennungsvorgang liegt darin, daß es einfach furchtbar wehtut, wenn andere in den eigenen inneren Garten eingreifen, seine seelenvolle Schönheit zurückschneiden, Flußläufe und Uferzonen darin begradigen sowie geheimnisvolle alte Baumwesen töten. Natürlich wird so etwas immer wieder geschehen, solange ein äußerer Garten noch ein damit verwachsener Teil eines inneren ist.

Das Erfüllende hingegen an diesem Zustand ist, daß der innere Garten in dem äußeren über lange Zeit ein Gegenüber hatte, in dem er aufleuchten – und sich selbst erkennen durfte.

Grausam entreißend daran bleibt jedoch immer: die schmerzhafte Erfahrung von Verlust, Zerstückelung und Raubbau.

Etwas, das ich dahingehend empfunden hatte, ausgelöst durch einen offenkundig veränderten Umgang der Verwaltung mit dem Nymphenburger Park, in seiner Pflege, ließ mich für einige Zeit dagegen ankämpfen, wie zum Beispiel gegen die maßlosen Baumfällungen dort; alles begann mit einer »Baumzeitung«, die ich im Park, als offenen Brief an die »Gärtner«, den Bäumen in die Rinde heftete. Ich wandte mich auch, hilfesuchend, an die Presse, und brachte schließlich die »Schloßpark-Initiative«, den Vorläufer der heutigen »Schloßpark-Freunde Nymphenburg e.V.« auf den Weg.

Als nächstes folgten Kreation und Aufbau des »Nymphenspiegels«. Seine ersten beiden Bände waren noch Ausdruck meines starken Verwobenseins mit diesem Garten. Dabei wirkte er als Namensgeber für das Kunstprojekt mit. Heute, im Zurückschauen, stelle ich jedoch fest, daß sich mir in den damit verbundenen schöpferischen Prozessen »mein innerer Garten« immer mehr befreien konnte von seinem symbiotischen Verwobensein mit dem Nymphenburger Schloßpark. Das bedeutet aber nicht, daß er mir heute weniger bedeutet als früher. Meine Beziehung zu ihm ist einfach nur freier, ihre Inhalte, durch die intensive und langjährige Auseinandersetzung mit ihm, sind reicher und vielfältiger geworden. Meine Biographie bleibt der seinen aber verbunden, sein Wesen, dem meinen, und mir stets nahe.

Doch die Trennung brachte mehr Gelassenheit und innere Unabhängigkeit – vor allem von der Willkür, die andere immer wieder gegen diesen Park richte(te)n. Diese Loslösung von ihm erfolgte nach und nach in seiner schrittweisen »Neuerschaffung« durch mich: im unendlichen Spiegelkabinett des »Nymphenspiegel-Kulturprojekts«, was wiederum eine sich ewig neu formende Selbstfindung und ein schnell wachsendes Netz an freundschaftlichen – und schöpferischen Verbindungen nach sich zog – und zieht, immer weiter, über dessen Gestaltungen, und damit auch eine Zunahme an Vielfalt und Facettenreichtum in jeder Hinsicht – Leben! Und ich meine, daß es manchen, die daran teilhaben, vielleicht ganz ähnlich ergehen mag wie mir.

In diesem eben skizzierten Prozeß gelang es mir also, »meinen« Nymphenburger Schloßpark, wie ich ihn in mir trug, von seinem äußeren Erscheinungsbild nach und nach abzulösen und ihn so in einem kulturellen, sich ständig weiterentwickelnden, sich verästelnden und vernetzenden »Organismus« zu bewahren, in jenem Kulturprojekt, für das ich jetzt selbst Verantwortung und Entscheidungsfreiheit trage. Welch wohltuende Veränderung! Soviel nun zu meiner eigenen Geschichte, soweit sie in den Werdegang des »Nymphenspiegels« hineinreicht.

Zwar bleibt der Nymphenburger Schloßpark auch weiterhin, wie der Prototyp eines idealen Gartens, Kristallisations- und Angelpunkt des nymphenspiegel'schen Kulturprojekts – und Kosmos'. Dennoch zeichnet sich für mich von Band zu Band zunehmend ab, daß es darin vorrangig um ein universales Ideen-Gewebe geht, das nicht mehr allein nur von einem einzigen Ort abhängen kann und darf. Zwar gelangt es in ihm durch vielfältige und sinnfällige Weise zum Ausdruck, was aber schließlich nicht bedeutet, daß er darauf ein Monopol besitzt.

Daher schicke ich jetzt den »Nymphenspiegel« mehr und mehr auf Reisen: im übertragenen – wie auch im konkreten Sinn. Neben seiner anfangs beschriebenen Ausweitung auf durch fließendes Wasser mit ihm verbundene –

oder ihm auch nur verwandte Gärten, möchte ich nach der gleich folgenden Überschrift einen weiteren und neu gewachsenen Zweig am unendlichen nymphenspiegel'schen Ideenbaum vorstellen. Nur einige Gedanken noch vorab, die für mich von zentraler Bedeutung sind.

Alle Gärten sind endlich – in Raum und Zeit. Ideen hingegen: ewig und grenzenlos, lebendig, nährend, mehrend, befruchtend und verbindend, bereichernd und human – sind das Leben, wenn sie von Liebe, Freiheit, Schönheit und Akzeptanz aller Vielfalt, einem integrativen Geist, verbunden mit spielfreudiger und kraftvoller Umsetzung, getragen sind.

Mögen diese Ideen sich ausbreiten und ein wenig mithelfen, die Welt in einen blühenden und duftenden Garten zu verwandeln, auch wenn es derzeit eher noch so gar nicht danach aussieht. Doch nichts ist schließlich machtvoller, als die richtigen Ideen zur passenden Zeit.

Bon voyage!

Stellen Sie sich einmal vor, Sie sitzen irgendwo im Nymphenburger Schloßpark, auf einer Bank, und finden dort, wie zufällig abgelegt, einen Band des »Nymphenspiegels«, gut verpackt in einer wasserdichten transparenten Hülle – und mit einem kleinen Brief versehen, oder das Ganze im Hofgarten, in einem Café, vielleicht auch irgendwo in einer anderen Stadt, an einem ganz anderen Platz.

Dann – lassen Sie uns in dieser Phantasiereise noch einige Jahre weitergehen, nach vorne auf dem Zeitstrahl: Da es Gärten überall gibt auf der Welt, sie also universal *sind*, haben verschiedene Menschen in vielen Ländern sich die Ideenwelt des »Nymphenspiegels« bereits zu eigen gemacht und aus sich selbst heraus immer mehr erweitert; und diese Bücher streuen nun ebenfalls zunehmend ihren Ideen- und Gedankenreichtum in die Welt hinein, liegen in russischer, chinesischer, griechischer und arabischer und – warum nicht auch in englischer Sprache, weltweit auf Parkbänken, in Cafés, natürlich auch in Hotel-Lobbies, auf Flughäfen und Bahnhöfen – und weben wir diese Gedankenfäden doch einfach noch etwas weiter, ins Unendliche … . Denn wer begrenzt uns, wenn nicht alleine wir uns selbst. Jammern wir nicht, daß die Welt so ist, wie sie ist. Denn wie sie ist, entscheiden schließlich vor allem wir.

Garten auf Reisen – eine moderne Flaschenpost

Dieses Kunstprojekt begann Ende Mai 2008 in München, wo die ersten »Nymphenspiegel«-Bände an einigen Orten ausgelegt wurden, um deren Ideenwelt rituell (doch auch konkret und handfest) auf Reisen zu schicken, als Flaschenpost auf den Flüssen ihres Schicksals.

Auf dem Brief, der sich zusammen mit einem seiner Bände in besagter wasserdichter Hülle befindet, stehen immer dieselben Zeilen geschrieben:

»Einladung zur kostenlosen Teilnahme an einem ungewöhnlichen Literaturprojekt – in folgender Form: Bitte schreiben Sie mir, wann, wie und wo Sie dieses Buch gefunden haben, was es in Ihnen bewegt, wozu es Sie angeregt hat – und wo Sie es nach seiner Lektüre wieder abgelegt haben (bitte an einem Ort, wo es von einem anderen Menschen leicht wieder gefunden und mitgenommen werden kann, so wie auch Sie es gefunden haben), bitte auch mit Datum. Denn, ganz wichtig: Dieses Buch soll immer weiter wandern und seine Reise fortsetzen. All die Rückmeldungen der Menschen, dessen Weg der ›Nymphenspiegel‹ auf jene Weise ›zufällig‹ kreuzt, an die Redaktion, werden in seinen nächsten Bänden, in einem eigens dafür eingerichteten Kapitel fortlaufend veröffentlicht. Schicken Sie mir Ihren Text per Mail oder per Post sowie mit Ihren Adreßdaten, Telephonnummer, etc., versehen.

Bitte schreiben Sie auch dazu, welchen der Bände Sie gefunden haben, unter Angabe der Seriennummer, die handschriftlich auf der ersten Seite notiert ist. Dabei ist das sich darin ›nymphenspiegelnde‹ Beispiel der vielfältigen Wechselbeziehungen von Mensch und Garten ebenso auf jeden anderen wirklichen Garten übertragbar. Schreiben Sie mir auch etwas über Ihre Beziehung zu einem solchen Garten, welcher es ist, wo er sich befindet, und beschreiben Sie ihn. Durch Ihren Beitrag findet dann auch er Eingang in das universale – und vielleicht irgendwann einmal weltumspannende Gewebe des ›Nymphenspiegels‹.«

Ralf Sartori

Nachruf auf Tino Walz

Anläßlich der Abreise Tino Walz' von unserem Planeten im Frühling 2008, möchte ich hier noch einmal an diesen außergewöhnlichen und verdienstvollen Menschen erinnern, der auch für Band II des »Nymphenspiegels« einen längeren Beitrag verfaßt hatte. »Gestorben« wäre wohl die übliche Formulierung, doch solche Menschen sterben nicht. Sie leben unter uns (hoffentlich) in den Ideen weiter, für die sie ihr Leben lang eingestanden haben. Und Tino Walz hatte oft für seine Ideen eingestanden, manchmal auch unter Lebensgefahr. Als großer Humanist und Demokrat kannte er den wahren Wert einer lebendigen Kultur für eine menschliche Welt, die wir unbedingt am Leben erhalten müssen. Und dafür setzte er sich immer ganz besonders ein. Wohl auch, da er hautnah miterleben mußte, was es heißt, wenn eine solche Welt fast ganz im Dunkel versinkt. Er wurde 1913 in Zürich geboren, studierte Architektur in München und Paris. In den letzten Kriegstagen rettete er unter Lebensgefahr den Wittelsbacher Kronschatz und andere unersetzliche Kulturgüter vor Plünderung und Zerstörung. Als bauleitender Architekt bei der Bayerischen Schlösserverwaltung leitete er ab 1945 den Wiederaufbau der Münchner Residenz und trug maßgeblich zur Neu-Entstehung des Hofgartens bei. Für kulturelle Verdienste hatte er den Bayerischen Verdienstorden sowie die Ludwig I-Medaille erhalten. An dieser Stelle möchte ich seine Veröffentlichungen, die hoffentlich lange noch lieferbar bleiben, besonders empfehlen.

Im Hintergrund

Kontakt zu Redaktion und Herausgeber

B ei Interesse an Veranstaltungen des »Nymphenspiegel«-Kulturprojekts, oder um Beiträge für eine der nächsten Ausgaben des Jahrbuchs einzureichen, wenden Sie sich bitte an:
Ralf Sartori, Ilmmünsterstr. 9, 80686 München, Tel. 089/56 48 37, Mail: tangoalacarte7@aol.com.
Weitere Auskünfte dazu unter: www.tango-a-la-carte.de, im Bereich Nymphenspiegel. Schicken Sie aber bitte nur Kopien, oder am besten Texte per E-Mail, da eine Rücksendung nicht vorgesehen ist. Rückmeldungen darauf erfolgen ebenfalls per Mail oder telephonisch. Für den Fall einer Zusage wird Ihr Text in Form einer weiterverarbeitbaren Datei benötigt.

Die 12 Autor(inn)en dieser Ausgabe

Angelika Maria Eisenmann, geboren am 22.02.1962, Dichterin und Historische Stadtführerin, verheiratet und Mutter eines Sohnes; sie arbeitet nebenbei in der »Sinneslust«, einem sehr beseelten Laden in Dachau.

Dr. Ute Seebauer, sie hat Literatur und Geschichte studiert, war Redakteurin beim Bayerischen Fernsehen, später Leiterin einer Pressestelle. 2006 veröffentlichte die gebürtige Gernerin das Buch »Am Kanal der blauen Glocken. Künstlerkolonie und Königsschloß« über Nymphenburg-Gern.

Dr. Norbert Göttler, geboren 1959 in Dachau/Oberbayern.
Freier Publizist, Schriftsteller (Rowohlt, Lübbe, Ehrenwirth u.a.) und Fernsehregisseur (BR, ARD, 3sat, arte). Er studierte in München Philosophie, Theologie (Dipl.) und Geschichte (Promotion zum Dr. phil. 1988 im Fach Wirtschafts- und Sozialgeschichte).
Regieausbildung bei Hörfunk und Fernsehen des Bayerischen Rundfunks.
Seit 2002 Lehrbeauftragter für Publizistik, Kreatives Schreiben und Medienethik an der Hochschule für Philosophie SJ, München.
Kreisheimatpfleger des Landkreises Dachau.
Ordentliches Mitglied des deutschschweizer PEN-Zentrums, der Europäischen Akademie der Wissenschaften und Künste (Wien) und des Münchner Presse-Clubs.
Co-Präsident der Literatenvereinigung »Münchner Turmschreiber«.
Schreibt Romane, Lyrik, Sach- und Drehbücher.
Auszeichnungen:
2000 Freundeszeichen der Katholischen Akademie Bayern
2004 Bundesverdienstkreuz der Bundesrepublik Deutschland
2008 Bayerischer Poetentaler

Sabine Bergk, in Bremen geboren, studierte französische Literatur, Publizistik und Theaterwissenschaften in Orléans und Berlin. Besuch der Lee Strasberg Schule in New York. Anschließend Arbeit als Spielleiterin und Regisseurin. Engagements führten sie an das Bochumer Schauspielhaus, das Theater Bonn, das Michigan Opera Theater, nach Detroit, an die San Diego Opera, das teatro nacional brasilia, das Theater Magdeburg und das Theater Freiberg.

Seit 2007 lebt sie als freie Autorin und Regisseurin in München. Eigene Stücke: »Auslösung«, »Sägen«, »Ein Vogelhaus«, »Klytämnestras Traum«, »ängst«, »Die Mördermassakerschlachten einer dreiundzwanzigjährigen Mutter«, »Elektra.Todtraumtanz«. Gedichtbände: »irrungen«, »unter tage«, »Gelächter hinter dem Zaunpfahl«, »Heisere Schreie unter den Aschegräbern« sowie »variationen über 4 elemente: 100wasser.eine reinigung, 100lüfte.flugversuche, 100feuer.brandstellen, 100erden.hebungen«. Derzeit Arbeit an einer Erzählung und einem Roman.

Susanne Nazet, geb. am 27.02.1970 in München, ehem. Bankangestellte, derzeit Hausfrau, Stipendiatin des »Nymphenspiegels« 2008.

»Bin auf dem Weg, dem schon seit langem kreativen Anklopfen Einlaß zu gewähren und verstärkt der intuitiven, nicht rationalen Seite ›des Bauches‹ zu folgen. Das Netzwerk ›Nymphenspiegel‹ ist für mich eine dauerhaft grüne, wachsende Oase auf dem mittlerweile so schnellebigen blauen Planeten. Wie sein Name schon sagt, bietet dieses Kulturprojekt einen Spiegel, in dem man sich selbst erkennen kann, wenn man bereit ist, dem Weg des Herzens zu folgen!«

Menzinger Str. 115 a, 80997 München, Tel. 089/811 35 77, Mail: nazet@t-online.de

Pfarrer Dr. Horst Jesse, geboren am 17.04.1941 in Wagendrüssel, Abitur 1961 in Regensburg. Nach dem Studium in Erlangen, Neuendettelsau, Heidelberg und Göttingen: theologisches Examen 1966. Pfarrer in Höchstadt/Aisch, Nürnberg, Augsburg und München, jetzt Urlauberseelsorger. Promovierte an der LMU in München über die Lyrik Bertolt Brechts. Veröffentlichung theologischer, kirchengeschichtlicher und literarischer Werke.

Mitbegründer des »Bert-Brecht-Kreis e.V.«, zahlreiche Veröffentlichungen.

»In München hatte ich einige Photoausstellungen. Ich bin verheiratet und wir haben fünf Kinder und vier Enkelkinder. Mein Standbein habe ich in meinem Beruf als Pfarrer, mein Spielbein in der Literatur, Geschichte, Kunst und im Photographieren.«

www.dr-horst-jesse.de, Berlstraße 6a, 81375 München, Tel: 089/719 57 40

Katarina Cuéllar, am 10.09.1979 in Moers geboren, lebt und arbeitet als Fremdsprachen-Korrespondentin in Augsburg.

Bei den sieben Kindeln 3, 86152 Augsburg, Tel.: 0821/504 76 99.

Wolfgang Uhlig, geboren am 09.02.1958 in München. Besuch des Gymnasiums bis zum 18. Geburtstag, danach Brotarbeit als Angestellter in verschiedenen Registraturen und Poststellen und 18 Jahre als Briefträger bei der Deutschen Post. »Gleichzeitig lebe ich seit meinem 12. Lebensjahr für meinen Weg und meine Be-Rufung als Schreibender und Kunstschaffender.« Veröffentlichungen von Gedichten, Kurzgeschichten und Essays seit 1970 in Amateurfanzines und Literaturvereinszeitschriften, seit 1998 im Internet. Einen Beitrag in einer ca. 1975 erschienen Anthologie sowie in Band III des Nymphenspiegels. Und natürlich zahllose Entöffentlichungen in Kartons, Ordnern und Schubladen. www.traumrufer.de.

Gisela Wimmer, Hausfrau, mehrfache Mutter und Großmutter mit Freude am Schreiben, verfaßt Gedichte, Kurzgeschichten und Märchen. Schwerpunkt ist die Lyrik.
Ganghoferstr. 22, 82178 Puchheim

Ralf Sartori, Gärtner, Tangolehrer, Tänzer, Veranstalter, Herausgeber und Schriftsteller. Ilmmünsterstr. 9, 80686 München, Tel 089/564837, Mail: tangoalacarte7@aol.com. Ausführlich unter: www.tango-a-la-carte.de

Angelika Genkin, geb. 1949, lebt in München und sagt über ihr Schreiben: »Ich folge den Bildern – bitte sie zu verweilen – die beglückenden – die zauberhaften – die zarten – die leidenschaftlichen. Doch auch: die schmerzlichen – die beängstigenden – die grausamen – die abstoßenden. So entstehen Texte, Lyrik, lyrische Prosa und vieles mehr.«

Susanne Bummel-Vohland, Prinzenstr. 63, 80639 München
Tel: 089/17 53 02, Mail: a.s.h.e.r@web.de

Bisher erschienene noch lieferbare »Nymphenspiegel«-Bände

»**Nymphenspiegel, Lyrik, Prosa und Geschichte, Das Jahrbuch zum Nymphenburger Schloßpark**« erscheint jeden Frühling neu – als Teil dieser unendlichen Geschichte – mit einem weiteren Band voll neuer Beiträge. Alle Bände bleiben im Handel, da die in ihnen enthaltenen literarischen oder wissenschaftlichen Texte von zeitloser Beutung sind.

***

Band I erschien im »**Allitera Verlag**« unter der **ISBN 3-86520-177-6**, mit Beiträgen von: **Prof. Dr. Kurt Faltlhauser**, MdL, Finanzminister und oberster Dienstherr der Bayerischen Schlösser-Verwaltung. Von der Verlegerin des »MünchenVerlag« **Lioba Betten**, von **Adolf Mathias Fuchs**, Architekt und Baubetriebsstellenleiter der Bayerischen Schlösserverwaltung, von **Stefan Brönnle**, Landschaftsplaner, freier geomantischer Berater und Autor mehrerer Publikationen zum Thema Geomantie. Dieser ist auch Mitinitiator und Leiter der **HAGIA CHORA – Schule für Geomantie,** und im Vorstand des Vereins zur Förderung der Geomantie. Von der **Geschichtswerkstatt Neuhausen e.V.**, und **vielen anderen** Autor(inn)en.

***

Band II des Nymphenspiegels erschien unter der **ISBN 978-3-86520-251-2** beim Verlag »**BUCH&media**«, mit Beiträgen von **Tino Walz**, Träger des Bayerischen Verdienstordens sowie der Ludwig I-Medaille, die er für kulturelle Verdienste erhielt. Als bauleitender Architekt bei der Bayerischen Schlösserverwaltung leitete er ab 1945 den Wiederaufbau der Münchner Residenz. Von **Professor Max Hoene**, der im Deutschen Werkbund tätig war und dessen Neugründung 1945 mit herbeiführte. Auch er ist Träger des Bundesverdienstkreuzes. Wieder von **Lioba Betten**, die ebenfalls das Bundesverdienstkreuz erhielt, für ihre ehrenamtliche Leitung des Unesco-Projekts »Bücher für alle«. Von **Dr. Hans Christian Meiser**, Autor, Übersetzer und TV-Moderator, Herausgeber in der Verlagsgruppe Droemer Knaur und des Diners Club Magazins. Von der italienischen Malerin **Dr. Valeria Marra**, von **Dr. Johann Daniel Gerstein**, der sich nach einer erfolgreichen Industriekarriere, zuletzt als Vorstand der Löwenbräu AG in München, einen Namen gemacht hat als Autor von Wander- und belletristischen Büchern über den Pfaffenwinkel. Von dem Historiker **Manred Pricha**, von **Dr. Erika Hertel**, Dipl.-Psychologin und Professorin an der Fachhochschule für soziale Arbeit im Ruhestand. Von der Regisseurin und Autorin **Susanne Schönharting**, die Leiterin der »Jugendbühne«ist, und von **vielen anderen** interessanten Autor(inn)en.

***

Band III, »BUCH&media«, mit 192 Seiten, ISBN: 978-3-86520-292-5.
Zum dreijährigen Jubiläum des »Nymphenspiegels« bietet dieser u. a. Beiträge von fünf renommierten wie außergewöhnlichen Buchautor(inn)en: der Malerin und Schriftstellerin **Dr. Marylka Kellerer-Bender** mit bisher unveröffentlichten Naturgedichten und einigen Aktzeichnungen. Sie ist die Autorin des bekannten Buchs »Zen Katzen«. Von **Dr Rudolf Reiser** mit einem für den Nymphenspiegel verfaßten vollständigen Werk von 78 Seiten über die Schönheitengalerie von Ludwig I. Mit **Dr. Ute Seebauer, Dr. Fritz Fenzl** und **Dr. Johann Daniel Gerstein** schrieben noch drei weitere bekannte Autoren Beiträge für Band III.
Auch **Prof. Susanne S. Renner**, die Direktorin des Botanischen Gartens in München und Lehrstuhlinhaberin für Systematische Botanik an der LMU, sowie **Eva Schmidbauer**, die für das Freiland des Botanischen Gartens verantwortlich ist, sind darin vertreten.
Dazu noch die Opern- und Theater-Regisseurin **Sabine Bergk, Katharina Cuéllar** sowie **Ina May**, deren Vorfahren Frauen- und Herreninsel an König Ludwig I. verkauften und damit ermöglichten, daß König Ludwig II. dort Schloß Herrenchiemsee bauen konnte. **Und nicht weniger interessant** sind gewiß die weiteren Beiträge der restlichen 21 Autor(inn)en, die an der Entstehung von Band III beteiligt waren.

Bildernachweis

Alle Bilder in diesem Band sowie jenes auf dem Buchrücken stammen von Ralf Sartori.

Traditionsreiche Münchner Gastlichkeit
im Restaurant FASANERIE mit Biergarten,
der Event-Adresse für Familienfeiern und Veranstaltungen
im Hartmannshofer Park

Tel.: 089 / 149 56 07 > Fax: 089 / 140 47 20
www.neue-fasanerie.de > info@neue-fasanerie.de

Restaurant FASANERIE, Hartmannshofer Str. 20, 80997 München

Mäzene, Förderer und Sponsoren des »Nymphenspiegels«

Privat-Kulturpaten

R. & R. Splitter
Kulturpaten des »Nymphenspiegels«

***

Ilonka Erlenbach
Rondell Neu Wittelsbach 7, 80639 München/Nymphenburg
E-Mail: ilonkaerlenbach@aol.com, Tel.: 089/178 45 20
Kulturpatin des »Nymphenspiegels«

***

Manfred Gleixner
Kunstmaler
Gstallerweg 30, 82166 Gräfelfing, Tel.: 089/714 54 61
Kultur-Pate des »Nymphenspiegels«/Mehrfach-Patenschaft

***

Naturheilpraxis Ilona Angelika Fischer,
Wirbelsäulen-Therapie nach Dorn & Breuss, Homöopathie, Antlitzdiagnostik nach Dr. Schüßler und Astrologische Beratung.
Termine nach Vereinbarung: Tel. 089/14 29 37,
Mobil: 0172/545 44 02, Mail: Ilonafischer3@aol.com
Görlitzer Str. 3/80993 München
Kultur-Patin des »Nymphenspiegels«

Die Bücherinsel
Buchhandlung am Romanplatz

Romanplatz 2 | 80639 München
Telefon 089/178 20 49

buecherinsel.romanplatz@web.de

Öffnungszeiten:
Montag - Freitag: 9.30 – 18.00 Uhr
Samstag: 9.30 – 14.00 Uhr